講談社文庫

# イーヨくんの結婚生活

大山淳子

講談社

挿画 北極まぐ

# イーヨくんの結婚生活

登場人物

夏目（なつめ）銀之介（ぎんのすけ）（父・65）家を出て再婚
夏目　小春（こはる）（母・享年35）二十年前他界
夏目太一郎（たいちろう）（長男・35）一昨日死去
夏目　純二（じゅんじ）（次男・33）高校教師、既婚（妻・賢子（けんこ））
夏目京三郎（きょうざぶろう）（三男・32）勤務医、彼女あり（ユウナ）
夏目　四郎（しろう）（四男・29）青い蝶を探すと言って行方不明に
夏目伊代太（いよた）（五男・27）イーヨくん
志賀（しが）　直弥（なおや）（57）五人兄弟の伯父・小春の実兄
志賀　波子（なみこ）（59）直弥の妻
太宰（だざい）　　薫（かおる）（37）太一郎の婚約者
堀（ほり）　　雅子（まさこ）（29）五人兄弟の幼馴染み

# まえおき

あなたはなにものですか？

と聞かれたら、
わたしはおかあさんです。

と答えます。

子どもを五人産みました。おかあさんであることは、わたしのアイデンティティーと言いますか、専門分野なのです。

世の中には教育評論家とか育児アドバイザーなど、その道の専門家がいらっしゃいますが、わたしには理論の持ち合わせなどありません。お腹を痛めて産み、自らの手で育てる。それだけ。いわば叩(たた)き上げの専門家です。

子どもはすべて男の子です。

五人も男の子がいれば、毎日が戦場です。洗濯機をまわす間にご飯をかき込む。そんな多忙な日々を過ごしておりました。

戦争はある日ぷつっと消え、今はなんといいますか、ぬるい生活をしています。人は心地よいときに「極楽、極楽」と言いますが、まさにそう。極楽浄土というのは、ふわふわゆるゆる、なんとも言えず心地よいところです。

ここにきて二十年になりますが、ひとつ心残りなことがありまして。

一番下の子のことです。

その子の七歳の誕生日に、わたしはこちらへ来てしまいました。母をなくすには早すぎる年齢ですし、五男は少々変わったところがありまして。いったいどのような人生を送るのか、心配でなりません。

もといた世界をのぞきに行くことはできるんです。

でも、のぞきに行ったひとはみな、あとで落ち込みます。「こんなことなら知らなきゃ良かった」と口を揃えて言うのです。手を貸すことも声をかけることもできないんですって！

想像してみてください。

テレビドラマを観るように、愛する人たちの悲喜こもごもを傍観する。

そんなこと、できますか？

だからわたし、見ないようにしてきました。二十年間一度もです。

しかしです。聞いてしまったんですよ。

あの世（生きている人がいる世界）からこの世（死後の世界）にきた人間に聞きました。

その情報は二十年間の決意をくつがえす力を持っていました。

五男はやはり、というか、かなり、残念な結果を出しているようです。

知りたくないから目をつぶっていたのに、知ってしまったら、のぞかずにはいられません。わたしは五男の行く末を見届けるべく、極楽を去り、あの世をのぞきに行く決心をしました。

正直、こわいです。でもわたしはおかあさんですからね。

いってきます。

# 第一章　厄介な五男坊

深夜、夏目家の一階。

襖は取り払われ、通夜にじゅうぶんなスペースが作られている。

真ん中に鎮座して、志賀直弥・五十七歳はおおいに腹を立てていた。

目の前の寿司桶にひとつ残されたカッパ巻き。

その上にハエが一匹旋回しており、カッパ巻きを偵察中である。

ぶーんぶーんと目障りだ。着地する勇気はないらしく、石橋を叩いて叩いて叩き割るタイプと見た。

臆病者よ、失せなさい。

そもそも、桶だ。

誰か片付けたらどうだ?

女が四人いるのに誰も手を出さない。この事実も腹立たしい。

座布団は薄すぎて、尻が痛い。

線香と煙草の煙で、喉まで痛い。

自分の指先にはさまっている煙草にも腹が立つ。

二十年の禁煙が破られた。破らせたのは甥の太一郎である。

「死にやがって、ばかやろう」

遺影を睨みたくても、突然の死で間に合わず、柩を睨むしかない。葬儀屋に運転免許証を渡しておいたので、明日には大きく引き伸ばされた遺影が飾られるだろう。

柩のそばに、大柄な女が座っている。

実はあの女の存在こそが、志賀の怒りの根源と言っていい。

通夜に突然現れて、難題を突きつけてきた。

謎の女。

安ものの黒いワンピースを着て、こちらに背を向け、うなだれている。背中の肉でファスナーが悲鳴を上げている。悲しいのはわかるけれども、猫背が過ぎる。正座がまともにできないのか、大きなお尻をぺたりと畳に付けている。

この難題は、どっしりと存在感がある。吹けば飛ぶというわけにはいくまい。

おや？　いつの間にかぶーんが聞こえない。

臆病者はカッパ巻きに着地し、前足をこすりあわせている。

ついに勇気をひねり出したのだ！

志賀は心の中でハエに語りかける。食いたければ食いなさい。

あの女に比べれば、お前などかわいいものだ。

見よ。女の黒いストッキングには五百円玉くらいの穴が開いており、硬そうなかかとがまーるく覗(のぞ)いているではないか。

志賀は不思議でならない。女と生まれて、なぜかかとの手入れをしないのか。

思い返せば二十年前、この場所で、やはり志賀は腹を立てていた。

「小春(こはる)のやつ、死にやがって、ばかやろう」

小春は妹である。

嫁ぎ先であるここ、夏目家で五人の子を産み、育て上げる前に逝(い)った。

子どもの頃から几帳面(きちょうめん)な性格で、「お兄ちゃん、出したものは片付ける。ほらそこ、本が出しっ放しじゃないの」と口やかましかったが、当人は産みっ放しで成仏(じょうぶつ)してしまった。

警察での遺体確認は志賀が行った。

彼女が原形をとどめていたのは左の足首から先だけだった。手入れされていないがさがさのかかとが、日々の生活を物語るようで、全身の傷みよりも痛々しく目に焼き付いている。

亭主は腰くだけな優男で、愛妻の死にふにゃふにゃと泣くばかりであった。

そのため葬儀の段取りはすべて志賀が行った。

形ばかりの喪主を務めた亭主は、挨拶の途中で貧血を起こして倒れ、門柱に激突して鼻を骨折。霊柩車の横に救急車が到着するという騒ぎになった。

妹の柩に亭主の鼻血が点々と付いているのを見たとき、志賀は決意した。

こいつには任せられない。伯父である自分が遺された五人の子どもの父親がわりになろうと。

好きな煙草を断ち、近所に越して来て、五人の面倒を見た。

太一郎、純二、京三郎、四郎、伊代太。

五人というだけでもすさまじく厄介だったが、ひとり妙なのが混じっていた。

五男の伊代太だ。

当時七歳。現在二十七歳。ちっとも成長しない。

志賀は伊代太に何度も期待し、何度も落胆させられた。

今では伊代太を見ると、両腕をつかんで揺さぶりたくなる。しまいには殴ってしまいそうな衝動に駆られる。

今夜は大丈夫だ。「奥へひっこんでろ」と言っておいたので、ここにはいない。

五人の子どもを育てる決意をした時に、いくつか決まり事を自分に課した。

そのひとつに「けして手を上げない」がある。五人は息子ではない。甥だ。しつけという大義名分で殴ることは許されない。

掟は死守している。短気な自分がよくぞこらえたと、己に表彰状をあげたいくらいだ。

妹の死後二十年経ち、子どもたちはみな成人し、自立した。伊代太をのぞいて。

このやっかいな問題児を人の良い長男が面倒をみていたので、伯父の役目は終わったと、安堵していたのだ。

ところが一昨日。

頼みの長男・太一郎が突然死んでしまった。

伊代太だけでなく、あの女を遺して！

志賀は無宗教である。昨日まで神などいないと思っていた。しかし今日は、いるのかもしれないと思い始めている。神はおそろしく無慈悲で、陰険ゆえ、がんばる人間を叩きのめし、どのあたりで音を上げるか、笑いながら眺めているのだ。

「あのひと、どうしましょうか？」

妻の波子(なみこ)がささやいた。

ジャカード織りのこっくりとした黒い服が顔のしわを際立たせている。

若い頃はキャサリン・ヘプバーンに似ていた。今でも姿勢は良いし、中年太りなど縁がない。自分らに子がないのに、妹の遺児を快く受け入れてくれた。志賀の収入の半分以上を養育費に割(さ)くことに、ひとことも文句を言わずにいてくれたし、かかとだってつるつるだ。自分には過ぎた妻だと志賀は思う。

一方、柩の横のあの女は猫背だし、身だしなみがなってない。

もちろん志賀だって、こんな時だから優しく接したいと思う。しかし、そうできないうさん臭さが女のたたずまいにはある。

さきほどから微動だにせず、柩のそばでうなだれたままだ。中途半端に伸びた髪をまとめることもせず、毛先は好き勝手な態度をとっている。「気を付け！　右向け右！」と号令をかけたいくらいだ。

「困ったものだ」

志賀は苦々しくつぶやく。さらに言葉を続けようとすると、柱時計がぼーん、と鳴った。出鼻をくじかれ、黙り込む。

「太一郎はまじめでした。非の打ち所のない子でしたね」

　波子は涙をぬぐう。

「非の打ち所がない、か。そういう奴に限って、人生の最後にとんでもない失敗をするものだよ」

「失敗って言い方はないでしょう？　病気は太一郎のせいではありません。かわいそうに」

　波子は太一郎の肩を持つが、志賀は納得できない。

　太一郎が死ぬなんて、あってはならないことだ。

　たしかに波子の言う通り、「まじめ」という点では非の打ち所がない子であったが、ちょくちょくものをなくした。ハンカチや傘ならまだしも、財布や携帯電話まで落とす。通帳は持ち歩くなよ、押し入れにしまっておけと口うるさく注意したが、まさか命を落とすなんて。まったくもって、大失態ではないか！

「病気ったって、先週うちに来た時はぴんぴんしてたじゃないか」

「インフルエンザですもの。かかるまではぴんぴんしてますよ」

「夏だぞ。インフルエンザにかかるかな」

「新型ですって」

「インフルエンザで大の男が死ぬかな」

「飯田(いいだ)の義三(よしぞう)さんだって死因はインフルエンザですよ」

「義三さんは九十二歳だろう？」

「畑仕事してましたよ、かかるまではね」

志賀はふうっと大きくためいきをつき、「タイミングが悪すぎる」と言った。

「死ぬのにタイミングなんてありゃしませんよ」

「せめて式のあとに死んでくれたら」

そう言って志賀はあの女を見た。

すると女は背中を向けたままゆっくりとうなずいた。

志賀は驚き、妻と顔を見合わせた。

波子はあわてて立ち上がり、女に近づいた。

「聞こえちゃった？　悪気はないのよ。最近うちのひと耳が遠いの。つい声が大きくなっちゃってねえ」

言い訳しながら女の顔を覗き込んだ波子は、あきれたように肩をすくめると、「寝てるわ」と言った。

女の首はゆらりゆらりとたてに揺れている。

それまで部屋の端でじっと様子を窺っていた賢子が立ち上がった。

「おばさま、わたし、お布団敷いてきます」

夏目家の次男の嫁だ。

黒い髪をひとつにまとめ、化粧は控えめ。遺族として過不足ないたたずまいだ。

志賀は「若いのにできる嫁だ」と感心する。寿司桶は片付けてくれないが、あの女を片付けてくれる。まことにありがたいではないか。

「俺も手伝うよ」

次男・純二も立ち上がる。短髪で細身、体にフィットした黒いスーツ、こちらも嫁同様過不足がない。

賢子はてきぱきと話す。

「彼女、安定期に入ったかどうか、微妙なところだと思います。無理しちゃいけない時期ですよ。せっかく来てくれたけど、明日の告別式は欠席してもらいましょうよ。奥の部屋で休んでいてもらったほうがいいと思います」

そう言ったあと「ひとりでだいじょうぶ」と夫を制し、賢子は奥へ消えた。

波子は感心したように言う。

「賢子さん、さすが元教師ね。教壇で生徒をびしびし指導している姿が目に浮かぶようだわ。職場復帰は当分しないの？」

「子どもが小さいうちは家にいると言ってます」と純二は言った。

「家庭に元同業者がいると、理解があっていいでしょう？」

「ええ、助かっています」

志賀は「それより明日だ」と話を戻す。

「婚約者が葬式に出ないわけにはいかんだろう」

「婚約者だから出なくていいんじゃないですか」

純二は妻の意見を補強する。

「あのひとはまだ夏目家の嫁じゃないんです。死んだ兄さんとは結婚できませんから、今後も夏目家の人間とはならない人です。お腹の子のことはまあ、のちのちゆっくり話し合うことにして、葬式はぼくら身内だけでしっかりやりましょう」

純二の目は決意に満ちている。

志賀は「次男は頼もしい」と感心する。純二が「しっかりやりましょう」と言うと、必ずできると思えてくる。

さきほどから黙っていた三男が口を開いた。

「あのひとは夏目家のひとではないけど、お腹にいるのは夏目家のひとでしょう？」

布袋様のように大柄な三男・京三郎の目は、腫れぼったく充血している。通夜だからではなく、いつも腫れぼったく、充血している。

あげあしをとられた純二は、一瞬、嫌な顔をした。

京三郎は兄の表情を見逃さず、「でもまあ、母体の保護を第一優先にして、明日は寝ていてもらいましょうか」と、すぐに意見をひっこめた。

志賀は「三男は平和主義でよろしい」とこれまた感心する。次男は頼もしく、その妻はできる嫁で、三男は平和主義。言うことなし、だ。

志賀の不機嫌はここでだいぶ軽減された。

「医者もああ言ってるので、欠席でいいですね、伯父さん」

純二は結論を急ぐが、志賀はまだ少しひっかかっている。

「医者と言っても、京三郎は産婦人科ではないだろう？」

「そうそう、整形外科よね」

波子は良い事を思い出したというふうに、手を打った。

「わたし最近、坐骨神経痛が痛むの。今度あなたの病院に行くから、マッサージお願いしますよ」

「マッサージはしません」

京三郎は困惑顔だ。

純二が「そういうのは整骨院がやってくれますよ」と口をはさんだ。

「ぼく去年ぎっくり腰になっちゃって、近所の整形外科へ行きましたが、あいつら、ただレントゲン撮って痛み止めを出すだけですからね」

「整骨院と整形外科は方法論が違うんだ」

平和主義の京三郎も、さすがに医者批判は見過ごせないようで、言い返した。

「痛み止めをくれるだけましじゃないか」

志賀は志賀なりに整形外科医に不満がある。

「このあいだ膝（ひざ）が痛いと訴えたら、レントゲンやらＭＲＩやら撮った挙げ句、診断結果は問題なしと言うのだ。変じゃないか？　痛いのに。じゃあ、この痛みはどうしたらいいんだと聞いたら、医者は何と言ったと思う？」

「何と言ったんです？」

「気にしないでください」

純二はくくくと笑った。「それはヤブですね」

「名医ですよ」と波子は言った。

「だって実際、気にならなくなったじゃありませんか」

波子は夫の膝には容赦（ようしゃ）ない。自分の痛みが問題だ。

「ねえ京三郎、坐骨神経痛が痛い時はどうしたらいいの？」

「神経痛が痛いという言い方は変ですよ、伯母さん」

純二はやんわりと諭（さと）すように言う。

「あら、いけないの？」

「頭痛が痛いと言いますか？」

「あら、それもいけないの？」

こんどは京三郎が口をはさむ。

「国語教師がいけないと言うんだから、いけないんです」

志賀はやれやれと思った。

次男と三男は、昔からこうだ。確執（かくしつ）もあれば連帯感もある。歳が近いと意識し合うのだろう。

純二は高校教師、京三郎は医者。

とにかくふたりはまともな大人になった。五男に比べれば、万々歳だ。

「お布団敷きました」

戻って来た賢子があの女に声をかけた。

眠っていた女は子どものように目をこすると、周囲を見回した。

色が白く、ふくよかで、餅（もち）のように重たくてねっとりとした印象の女だ。お腹はかなり目立つ。ひたいは広くて目は垂れている。いきなりふわあと大きなあくびをした。のど仏まで見える大きな口に、みな目をそらす。

女はどうにか立った。足がふらつく女に、賢子が付き添い、奥へ連れて行った。

難題が消えると、部屋はがぜん広く感じられた。

緊張感が解けたのだろう、純二も京三郎もネクタイをゆるめ、足を伸ばす。

純二は「あしたあのひとをここに一人置いておくのもなんだから、伊代太に留守番させましょうか」と言った。

「兄弟なのに、葬式に出ないのはまずくないか」

志賀は太一郎の葬儀をおろそかにしたくない。

「葬式には出席させますよ。せっかく自宅葬にしたんですからね。できれば彼女にも出棺までなんとか座っててもらいましょう。火葬場には連れて行かず、留守番させるのです」

純二はトラブルが嫌いだ。イベントを成功させるにはできるだけ不安材料を消し、安全策をとるのが鉄則。教師の性（さが）だ。

志賀は眉根をよせつつも、しかたなくうなずく。

「じゃあ、そうするか。しかし、伊代太をうちに置いたら、どうせパソコンをやるだろう。あれはなんだ？　ゲームとかいう奴か？　いい若者が就職もせずに遊んで暮らす。なげかわしいことだ」

志賀は伊代太を話題にするだけで不機嫌が微増する。

太一郎亡きあと、伊代太をどうしたものか。そして……あの女も。

純二は「まあ、飲んで、伯父さん」と志賀のグラスにビールを注ぐ。

それまで黙っていた茶髪の女がしゃべった。

「キャンセル料、とられちゃうかなあ」

京三郎のそばにぴたりと寄り添っている若い女で、京三郎が言うには、勤務先の病院長のお嬢様という話だ。婚約はしておらず、その手前の段階らしい。

化粧が濃いのに童顔で、いらつくほどゆっくりと話す。志賀が許せないのは爪だ。通夜なのに水色の爪でやってきた。

「結婚式の一ヵ月前に死んじゃうなんてねえ。入籍もまだでしょう？　あのひと、まだ太一郎さんの奥さんじゃないから、結婚式場のキャンセル料は遺族である京ちゃんたちが払うことになるんじゃないのぉ？　だったら早いほうがいいんじゃない？　誰か式場へキャンセルの連絡入れたのかしら？」

純二と京三郎は目を合わせ、同時に顔を横に振った。

「式場、どこだっけ」

京三郎はスマートフォンを手にした。

「おやめなさい」と波子が言う。

「今日も明日もたいした違いはないわ。そういうことは告別式が済んでからにしましょう」

男たちはそれもそうだなとうなずき合う。

「予定の費用の五十パーセントはとられるかなあ」

水色の爪の女はキャンセル料がよほど気になるらしい。

「もうやめよう、金の話は」

志賀は煙草を灰皿に押し付け、寿司桶を流しに持って行った。


二十年間、一度もリフォームしなかったのでしょうか。

ひさしぶりのわがやは、造りはそのままです。襖は黄ばみ、柱はささくれ、畳は歩くとちくちく痛そうで、わたしは足がないからいいけれど、生きている人間はさぞかし暮らしにくかろうと思います。

わたしは家じゅうをさまよい、五男の伊代太を探しました。

かつて夫婦の寝室だった部屋に、小さい子どもがふたり寝ています。純二の子かしら？

その隣に、あの女がいびきをかいて寝ています。寝相(ねぞう)が悪く、お布団から足がはみ出しています。夏でも女は足を冷やさないほうがいいですよ。手があったらかけてあげるのですが、うーん、しかたありません。

はて、わたしの夫はどこでしょう？

長男の通夜なのにいないのは変です。伊代太のついでに探していますが、影も形もありません。ついでというのは嘘で、やはり夫のことも気になります。二階も覗いてみましたが、ここはもう物置のようになっており、ひと気がありません。

再び一階を探します。あれ？

昔納戸(なんど)に使っていた北の四畳半から灯(あか)りがもれています。狭い場所に、人がいます。背中が見えます。夫ではありません。子供用の学習机に向かって、若い男が背を丸めて書き物をしています。首が細くて長い。

伊代太？

間違いありません、伊代太です！

手も足も持て余すほどに長いです。よく伸びたこと。全体に痩せています。髪はさっぱりと短く、うなじは綺麗で、耳の後ろに垢もない。定期的に床屋へ行き、お風呂にも毎日入っているのでしょう。

うらぶれた感じはなくて、まずはほっとしました。

白いワイシャツを腕まくりして、黒いズボンは暑いのか、何重にも折り返し、スネが見えています。黒い靴下は畳にぽんぽんと放ってあります。足の爪はきちんと切られ、水虫は？　ありません！

清潔この上ない様子ではありませんか。

合格。

おかあさんとして、二十七歳の息子に、保健衛生的には合格点をあげます。

一重の目は一心にノートを見つめ、手を動かしています。何をしているのかしら？

8月7日　金ようび

あさがおがさきました。あさがおが青いのでがっかりしました。
あさがおはピンクいろがすきです。
あさがおの絵をかくのはやめて、ぽん太の絵をかきます。
ぽん太はきょねんおじさんがたんじょうびに買ってくれた犬です。
ぽん太は白い毛がすべすべです。
おじさんは毎日ぽん太に会いにきます。
ぽん太はしっぽをぶんぶんふってむかえます。
ある日おじさんはかぜを引いて来ませんでした。
その日ぽん太は家出をしました。
みんなでさがしたら、おじさんちの庭で寝ていました。
それからぽん太はおじさんの犬になりました。

あら！
まあ！
なんてことでしょう！

伊代太は二十七歳にして！

兄の通夜に！

ひとり部屋にこもって！

絵日記を描いています！

色鉛筆で、一心不乱です。字は下手だし、絵も犬に見えない。あれはしっぽのつもりでしょうか、ぐるぐるしてかたつむりみたい。

長男の太一郎は極楽に来るや否や言いました。

「伊代太が心配だ」と。

それを聞いてあわてて現世に降りてきたので、どういけないのかわからなかったのですが、これって……ほら、どこかの心理学者が言ってた、ピーターパン症候群？　おとなになれない男のことを専門家がそう言ってました。二十年前のワイドショーや週刊誌でやたらと使われた言葉です。

なんと、明け方まで。

伊代太は絵日記を描き続けました。最後は八月三十日。今日です。『おすしを食べた』と書き、おすしの絵を描いて、畳にごろんとあおむけになりました。

手を枕にして、天井をじっと見つめています。

顔は子どもの頃のままです。筆でしゅっと描いたような眉と、切れ長の目。瞳はグレーで、ガラスのように透き通っています。

何を見ているのかな?

肌は日に焼けておらず、象牙(ぞうげ)色で、顔にはしみもそばかすもありません。形の良い鼻、唇は薄く、赤みがなく、デパートの紳士服売り場のマネキン人形みたい。

なんですか、伊代太には色がありません。

白黒テレビの中にいるようではありませんか。

絵日記のほうが、よほど生き生きしています。

まばたきをしました。まつげが長い。まばたき以外、動きがありません。

伊代太、しっかりして。だいじょうぶ? 気は確か?

声を聞かせて。あなたはどんな声をしているの?

今、何を考えているの?

兄さんの死を悼(いた)んでいるのでしょうか。

感情がないような瞳は、静かに閉じられました。まるでほんものの死体になったようで、ゆさゆさと揺さぶりたい気持ちです。

どの子も同じようにお腹を痛め、同じように育てたつもりですが、この子は特別でした。

あれは伊代太が二歳の時です。

朝からわたしは洗濯物と掃除に追われていました。子ども達が小学校や幼稚園に行っている間にやり終えねばならないことがわんさかあります。ひとり家にいる五男を抱く暇もなく、積み木を与えて放っておいたんです。ふと、伊代太の姿が見えなくなりました。探すと、庭のはじっこで、うつぶせに倒れています。

一瞬、たいへんなことが起こったと思いました。あわてて抱き起こすと、うとうとしているのです。

長男も次男も三男も四男も、このくらいの年齢では、眠くなるとぐずるのが決まりでした。泣いたりわめいたりするので、大人があやすと、すとんと寝るのです。

伊代太は二歳を半分過ぎたのにまだひとことも言葉を発していませんでした。

感情表現に問題があるのだろうか。発達障害という言葉が頭をよぎり、一度検査を受けた方がいいのではと思いました。

洗濯機がピーッと音を立てたので、とりあえず伊代太をおんぶして、洗濯物を見に行きました。

そのときです。背中で伊代太がしゃべったんです。

「おかあしゃん」

どきんとしました。

とうとうしゃべった、記念日だ、赤飯を炊かねばと思いながら、返事をしました。

「はあい」

「寝てもいい？」

それが伊代太の初めての言葉だったんです。

おかあしゃん、寝てもいい？

二歳の子がどういう思いでそう言ったのか、本当のところはわかりません。ですが、わたしはこのとき、何と言いますか、伊代太に労られたような気がしました。

望んで子どもを産み、育てているわたしに、労りの言葉をかける人間はいません。夫も子どももわたしから当然のようにあたたかいご飯、清潔な衣服、笑顔の声かけを受け取ります。自分でも当たり前のことと思って日々の家事をこなしていました。

ところが伊代太は忙しい母の背中で眠ることに遠慮があるようです。

わたしは濡れ縁に腰掛け、伊代太を腕に抱き、寝てもいいよと言いました。

すると伊代太は安心した顔をしてすうっと寝ました。

わたしはそれから二時間、伊代太が目を覚ますまで、抱いていました。

空は青く、洗濯日和です。らっぱ水仙（すいせん）の甘い匂い。木々が風に揺れる音を聞きながら、伊代太の寝顔を見つめていました。白いまぶたに青い血管が透けて見えます。薄い胸に手を当てると、トクトクトクと心臓の鼓動が伝わってきます。小さな鼻の穴から吐き出される甘い息。ふつうは酸素が十何パーセントで、二酸化炭素がなんたらかんたらと聞きますが、この子の美しい肺から吐き出される清らかな息に当たると、黒が白になるような、こちらの心まで浄化されるような思いがしたものです。

洗濯物はすっかりしけってしまい、あとで洗い直さねばなりませんでしたし、学校から長男たちが帰って来て、おやつ戦争が始まりました。けれど、伊代太を抱いていた二時間、わたしは空のコップに水が満たされるような、たしかでおだやかな幸せを味わったのです。

それからわたしがあの世に行くまでの五年間、母としての毎日は先にも申しました通り戦場でしたが、伊代太とのひとときだけは、いつも特別な空気がありました。

わたしは五人の子をそれぞれに愛しております。愛の分量に変わりはないんです。扱いやすいから好きとか、わがままだから嫌いとか、そういう差別はありません。けれど、伊代太に対しては少し、違った感情を持っています。学がないもので、うまく言葉にできないのですが、ベツモノなんです。

伊代太はほかの子と魂の形が違うのです。

世の中は異形を嫌います。社会は表面的には「良く生きましょう」と言いますが、実は良し悪しはどうでもよくて、「同じように生きましょう」が鉄則なんです。

母としては、折り合って、うまくやってほしいと願います。伊代太にではなく、周囲にそれをのぞみます。母のエゴだと重々承知しております。

世の中のみなさま、どうか伊代太とうまくやってください。


さて、翌日の告別式で小さなトラブルがありました。

お坊さんがきて南無南無やって、みなではははーと頭を下げたり、柩に花を入れてコンコンと蓋にくぎ打ちをして、いよいよ出棺。ここまでは順調だったんです。

あの女が起きて来て、見送りたいと言うのです。

それまでは声かけしても起きてこなかったんです。朝が苦手のようで、それは妊娠中だからしかたないし、みな無理強いはしなかったのですが、目が覚めたら妙にはりきって、火葬場に行くと言うのです。

やはり婚約者なので、お別れしたいのでしょう。いじらしいじゃありませんか。

純二とそのお嫁さんは反対したけど、わたしの兄さん、つまり伯父の志賀直弥が、「婚約者なんだから、太一郎だって見送ってもらいたいはずだ」と言い張り、マイクロバスに乗せました。兄さんは夏目家の人間じゃないし、喪主じゃないのに、ずいぶんと発言権があるようです。

喪主はわたしの夫です。死んだ太一郎の父です。

前日の通夜にはいませんでした。やっと見つかりました。

よそに住んでいるらしく、告別式の朝、お客さんのように「おはようございます」と現れました。見た目はそう変わっていません。髪型は違いますが、夫です。

喪主として長男の死を悼む挨拶をしました。

あまりにも立派につつがなく挨拶したので、哀しみが伝わってきません。純二や京三郎ともよそよそしくしゃべっています。父親役を演じる大根役者のようです。自分の夫とは思えません。あいかわらずすらりとして素敵さは損なわれていませんが、心が見えません。なにが夫を変えてしまったのでしょう?

さて、火葬場までは遠いのです。トラブルは途中で起こりました。

案の定あの女は途中で酔ったのです。いったんバスから降ろされ、しばらくしゃがんでいたけれど、回復の見込みがないし、火葬場の時間もあるので、兄さんの指示で伊代太が付き添うこととなり、共に降ろされました。

兄さんは伊代太を直視しないで命じます。どうやら視界に入れたくないみたいです。妊婦ではなく、伊代太をやっかいばらいしたいのかしらと思えるほどです。

そこは木がいっぱい生えている山道でした。

道沿いに三角屋根の喫茶店があります。伊代太と女は窓際の席に向き合って座りました。冷房は点いておらず、木々の間を吹く風が窓からそよそよと入って来ます。小さなおばあさんがからくり人形のようにカタカタと近づいて、まだ注文していないのに、白いカップをふたつ置いていきました。

すっきりした香りのミントティーです。山道で酔って降ろされる弔問客のための店なのかもしれません。

女は青い顔でカップを両手でつかむと、飲もうとしてやめました。表面に小さな虫が浮いているのです。羽が水面にはりついており、ジタバタもがいています。

生きている。ちょっぴり、うらやましい気持ちです。

女は眉間にしわを寄せ、抗議の目でおばあさんを見ました。車酔いで気分が悪いのに、飲み物に虫が浮いてたら、そりゃあ、文句のひとつも言いたくなりますね。

おばあさんは気付かないようで、店の奥の椅子に座って鼻歌を歌いながら編み物を始めました。

鼻歌はフニクリ・フニクラ！　なつかしい曲です。

若い頃、ナポリの民謡だと思って口ずさんでいたら、「鉄道会社のコマーシャルソングだよ」と教えてくれたのは夫です。なるほどコマーシャルソングと言われればそんな風にも聴こえます。歌詞の意味などよくわかりませんが、晴れた空、緑の山々が目に浮かび、元気が出るメロディです。

おばあさんは白いレースで花瓶敷きを編んでいます。わたしも昔よくやりました。なるほどフニクリ・フニクラで編み物をすれば、どんどん作れるでしょうね。

よく見ると、各テーブルにひとつ一輪挿しがあって、花も実もない草がいけてあります。敷いている花瓶敷きのほうがはなやかで、まるで白い花のように見えます。花瓶敷きを目立たせるために、草をいけているのかもしれません。

女はカップを掲げ、文句を言おうと口を開けました。

その時です。伊代太がふいに女からカップを取り上げ、まだ口をつけてない自分のカップを差し出しました。女はだまって受け取り、ずずずと飲みました。

ミントで気分が良くなったのでしょう、女は顔をあげ、伊代太を見ました。

伊代太は神妙な顔でカップを見つめています。中指の先をそっと水面に近づけ、器用なことに、指の腹に虫をはりつけました。そして水面から救出し、花瓶敷きの上にそっと置きました。虫にまとわりついた水分は花瓶敷きが吸いましたが、虫はもう飛ぶ力がないようで、徐々に動きが鈍くなってゆきました。

伊代太はそれをじっと見ています。

水難事故から救出できましたが、人工呼吸や心臓マッサージをするわけにはいきません。虫が完全に動きを止めたあと、伊代太はミントティーを飲みました。

ふたりは何もしゃべらずに、しばらくミントティーを飲むことに集中しました。

やがて女が尋ねました。

「何が入ってるの？」

伊代太が持ってきた紺のナップザックを見ています。

「ノート」と伊代太は答えました。

例の絵日記に違いありません。わたしははらはらしました。ここで書き始める愚(ぐ)を犯さないでしょうか。『お茶に虫がいて、泳いでいました』とか。

幸いなことに、伊代太はノートを開きませんでしたし、ふたりの会話もこれ以上発展しませんでした。

ふたりがバスから降りるとき、純二は「気分が良くなったらタクシーで火葬場へ来い」と言いました。そのことを忘れてしまったのか、ふたりはタクシーを呼ぼうとしません。

なんと三時間ものあいだ、ふたりはここにいたのです。

女は二回トイレに行き、ミントティーを二回おかわりしました。妊娠中はトイレが近くなるものです。伊代太は何も注文せず、動こうとしませんでした。ぼんやりと座っているだけで、退屈すらしないようです。

とうとうおばあさんが「タクシーを呼びますか」と声をかけにきて、すると外でクラクションが鳴りました。斎場のバスが迎えに来たようです。

ふたりはようやく席を立ちました。その時です。

ぱっと虫が飛び立ちました。

生きていたのです！　窓から外へすーっと飛んでゆきます。

女は驚いた顔をして虫を目で追いましたが、伊代太は気付かずに店を出ました。

バスは夕焼けでオレンジ色に染まっています。

もうすべてが終わった後でした。

太一郎は骨壺（こつつぼ）におさまっており、純二は「お前、何やってたんだよ」と伊代太をこづきましたが、ふたりがいないことはセレモニーになんら支障はなかったようで、精（しょう）

す。

進落（じんお）としも済んでしまったらしく、満腹なのでしょう、うとうとしている人もいます。

バスは途中でターミナル駅に停車し、多くの人を降ろしました。

夫は兄さんに「あとはよろしくお願いします」と頭を下げ、真っ先に降りて、迎えに来ていた赤い車の助手席に乗って去りました。

別に家庭を持っているようですね。さびしい気持ちと、ああやっぱり、という気持ちが半々です。

京三郎は「明日早番だから」と言って、水色の爪の女性と共に降りました。純二とその家族も「明日学校があるから」と降りました。

純二の上の子が「忘れ物」と言って再びバスに戻り、伊代太に近づきました。おかっぱ頭で賢（さか）しげな目をした女の子です。

「あれ、できた？」

女の子が言うと、伊代太はうなずき、ナップザックからノートを出して渡しました。

女の子はしかつめらしい顔でぱらぱらとめくります。途中で「うち、犬飼ってないよ」と口をとがらせました。

「犬なんか、好きじゃないし」

さらに念を押すように「誕生日プレゼントに犬なんかいやだよ」と伊代太を睨みます。

「ディズニーランドの年間パスポートがいい」

「ディズニーランド?」

「やっぱりディズニーシー」

「ディズニーシーの年間パスポート」

伊代太が復唱すると、女の子はにこっと笑いました。笑うとえくぼができ、かわいい顔になりました。女の子ははずむような足取りで降りてゆきました。

なるほど、伊代太は姪の夏休みの宿題をやってあげてたんだ!

自分の絵日記じゃないんだ。

よかったよかった。

現世に来て初めてほっとしました。

ああ、でも。

こちらに来てしまったことをもう後悔しています。だって、口出しできないんですもの。孫に言いたい。「宿題は自分でおやりなさい」と。

純二は教師で、おくさんは元教師だけど、子どもに「ありがとう」を教えられないなんて、いけません。あの夫婦こそ、だいじょうぶなのかしら。親が生活の中で「ありがとう」を言い合っていれば、自然と子どももしかるべきタイミングで「ありがとう」を言うものです。

それにしても、ディズニーシーって何でしょう？　ディズニーランドに波のプールでもできたのでしょうか？　そして、京三郎ですが、お医者様になったんですね。小さい頃は先端恐怖症で、予防注射の時なんて、走って逃げていたのに。注射、打てるのでしょうか。目が真っ赤でした。くたびれているようで、心配です。

そして横にいたお嬢さんの爪の色！　今は水色のマニキュアなんてあるんですね。暗い葬儀にさわやかな水色はとてもいいアクセントになっていました。涙の色でもあるし、センスのよいお嬢さんです。

京三郎は兄弟の中で誰よりも器用でそつのない子でした。大病院の婿（むこ）に収まるのも時間の問題かもしれません。でも逆玉狙（ぎゃくたま）いはいけませんよ。

あの子、ちゃんとあのお嬢さんを愛しているのでしょうか？

セレモニーは済んだ。

静まり返った夏目家で、志賀直弥は言う決意をした。

骨壺の前で妻と並び、太一郎の婚約者である太宰薫（だざいかおる）に切り出した。

「わたしは夏目家の人間ではないが、太一郎の父親がわりです」

太宰薫は畳を見つめたまま、だまったままだ。

「わたしは夏目家五人兄弟の母親の兄でして、母親が亡くなった二十年前、長男の太一郎は中学生でした。その頃から親代わりに面倒をみてきました。あの、聞いてますか？」

「聞いてます」

太宰薫はぼそりと言った。低くてこもった声だ。

「わたしなりに今後のことを熟慮した結果、ひとつの提案を思いついたんだが」

そう言って志賀は妻の波子を見た。言い出す段になって、若干（じゃっかん）の躊躇（ちゅうちょ）が生まれたのだ。波子は黙って志賀の背中をぽん、と叩く。

その振動で、口からこぼれるように出た。

「あんた、伊代太と結婚したらどうか」

太宰薫は驚いた目で志賀を見つめた。その目を見て、志賀はこの女にも感情があるのだとわかり、いささかほっとした。

太一郎が婚約の報告に来たのは五ヵ月前。

おっとりとして押しが弱く、気の利いた会話ができない長男坊は、女性とつきあった経験がないように見えた。一生結婚できないのではと、志賀は常日頃心配していた。

次男の純二はさっさと結婚し、子どもまでできた。三男の京三郎は何と言っても医者だ。要領もいいから、高水準の人生を送るだろう。四男はタフで、生命力が強い。五男は頭数からはずすとして、太一郎は五人兄弟の中で一番影が薄い存在だ。幸も薄いのではないかと、懸念していた。それが、彼女どころかいきなり「婚約した」と言うではないか。

あまりにうれしくて、すぐに結婚式場を予約した。名のあるレストランで人気だが、一日だけキャンセルが出て、予約できた。

「おじさん気が早いよ」

太一郎はしきりに照れながら、まんざらでもない顔をしていた。

そのときからずっと、婚約者に会う日を楽しみに待っていたが、約束はいつも当日になってキャンセルされた。「彼女、体調不良で」と太一郎はすまなそうに言うのだが、三度もドタキャンされた。

結局会ったのは昨日の通夜が初めてで、しかもあからさまに妊婦で、なるほど体調不良とはこのことかと、合点がいった。「できちゃった婚とは聞いてないぞ」と太一郎に文句のひとつも言いたいが、死んでいるので我慢するしかなく、しかもこの女、終始仏頂面だ。通夜だからにこにこするのもおかしいが、ろくに挨拶もしない、泣きもしない、かわいげがない、ないないづくしだ。

それでも太一郎が愛し、子も生した女だ。叔父として知らぬ存ぜぬともいくまい。

「伊代太は夏目家の五男であります」

志賀は緊張のため語り口がおかしくなっているのに自分で気付いた。

「太一郎の末の弟であります。ほら、あんたと一緒にバスから降ろした、あいつ」

太宰薫の大きなたれ目は畳を見ている。応答なしだ。

「びっくりさせちゃったわね」

妻の波子が助け舟を出してくれた。

「昨日お会いしたとき、太宰さん身寄りがないっておっしゃったでしょう？　お腹の子は夏目家の子だし、わたしたち、放ってはおけない気持ちになりましたの。夫とわたしで寝ずに話して、この方法がいいと思ったんです」

太宰薫は自分のお腹を見た。

彼女が何も言わないので、志賀はこちらの提案に無理があるような気がしてきた。が、ここで引っ込めてはいけない。言うのは自分、決めるのはこの女。まずは言わねばなるまい。

「太一郎は生命保険に入っていた。死亡保険金の受取人は、伊代太になっている。伊代太に金が入るなら、お腹の子に使ってもらえばいいと思ってな」

ここで太宰薫は初めて反応した。

「いくらですか？」

「五百万」と波子は言った。

「微妙な額でしょう？　でも出産費用には充分ですしね。太一郎はこの家で伊代太と一緒にあなたと新婚生活を始めるつもりだったんですから、三人がふたりになるだけ。考えてみてくださいな。たいした変更じゃないでしょう？　予定通りに近いところで手を打ちませんか。ここに住んでもらえば、お家賃はかからないし」

「ふたりで当面はやっていけるんじゃないかね」

志賀と波子は太宰薫の顔をのぞきこんだ。

反応がないので、志賀は再び不安になった。「近所にわしらもいるし」というセリフが浮かんだが、口に出す前に、太宰薫から質問された。

「五男の、えーと何でしたっけ」

「伊代太。伊豆（いず）の伊に、代打の代に、太いと書きます」

「伊代太さんは、結婚について何と言ってるんですか」

志賀と波子は顔を見合わせた。

「あいつにはまだ聞いてない」と志賀は言った。

続けて波子が「太宰さんが決めれば、あの子はきっとそうします。お気になさらず、決めてください」と言った。

「そんな」あとは小さな声で「ばかな」と太宰薫はつぶやいた。

波子はふふふと笑う。

「あの子はだって、ねえ」波子は夫を見た。

志賀はしかつめらしく言う。

「イーヨくん。それがあいつのあだ名です」

「返事はいつも、いいよ、ですの。いやだと言った例しがないわ」

「そのおかげでいろいろ……たいへんでした」

志賀は過去のあれもこれもが頭に浮かんだ。頭痛がする。胃も痛む。過去を吹き消すようにふうーっと大きなため息をつく。

太宰薫は意味がわからないという顔をした。

「たいへん？　いやだじゃなくて、いいよですよね？」

「いやだはよろしい。子どもの常套句じゃないですか」

そう言ったあと、志賀はしばらく黙っていた。それから「いいよは……」と言いかけて、やめた。

とうとう三人とも黙り込んだ。

ほんの数分のことだが、志賀には何時間もの沈黙に感じた。ふいに頬に風を感じ、窓を見る。閉まっているし、カーテンも揺れてない。

志賀は甥の遺影を見た。やはり免許証の写真には無理があって、かなりぼやけている。

思えば太一郎は友だちがおらず、旅行にも行かなかった。だから写真がない。五人兄弟の長男としておだやかに生き、あっけなく死んでしまった。

婚約者のお腹に子どもを遺した。今ではそれが唯一の生きた証しのように思える。子どもを守らねば、太一郎は浮かばれない。そう志賀は思う。

骨壺を見る。若いくせに、こんなところに入ってしまって。ばかやろう。

太一郎の遺骨なのに、妹の小春がそこにいるような気配も感じる。

「兄さん、あんまりじゃないですか」とこちらを睨んでいる気がする。

「厄介払いですか」

「そう言うな」

志賀は心の中で言い訳を考えた。

小春はたたみかけるように責めてくる。

「彼女とお腹の子を伊代太に押し付けるなんて」

「それは違う！」

志賀は強く否定した。

「伊代太を太宰さんに押し付けるんだ」

「まあ、兄さん、なんてことを」

「もう疲れたよ」

志賀はいつのまにか口に出してしゃべっていた。

「いいだろう？　少し休ませてくれよ」

波子が驚き、「あなた、だいじょうぶですか？」と志賀の顔を覗き込んだ。

すると頬にあたる風がおさまった。


あちらのすったもんだを知らずに、伊代太は四畳半の煎餅（せんべい）布団で寝ています。兄さんに「部屋で寝てろ」と言われて、素直に寝ています。長い足が布団からはみ出しています。男の子だから少しくらい冷えてもかまいません。

さて伊代太。

二十七歳で、どうやら親族の厄介者のようですね。

太一郎が心配するのも無理ありません。学校はどうしたのでしょうか。義務教育は受けたと思いますが、高校や大学は行けたのでしょうか？　仕事はしてるの？

まあそのあたりもおいおいわかってくるでしょう。

寝顔は二歳の頃と変わりません。

机には板のようなもの……なんでしょう。これが兄さんが言ってたパソコン？　あまりにもうすっぺらい。二十年前はもっと場所をとるものでしたけど。こんな板に夢中になっているなんて、たしかに変です。兄さんが心配するのもわかります。

それにしても、この四畳半が伊代太の部屋だなんて。

ここは日当りが悪いため、昔は納戸に使っていたのです。行李(こうり)には季節外れの服を、段ボールには古い本をしまっていました。子ども達が成長し、それぞれが部屋を持つ頃に、伊代太の部屋になったのでしょう。今はみな家を出て、部屋は余っているのに、この子だけこんな小さな部屋に留まって、どういうつもりでしょう?

本棚には赤茶けた文庫本が並んでいます。芥川龍之介(あくたがわりゅうのすけ)の短編集『羅生門(らしょうもん)・鼻』が五ミリほど前に出ています。最近読んだのでしょうか。

なつかしい本です。読んでいた頃が昨日のように思い出されます。

わたしはいわゆるお嬢さん学校へ通っていました。

幼稚園から高校までずっと女子校でした。家と学校の往復の日々です。友だちに囲まれ、受験も知らず、ぬくぬくと育ちました。上には家政科の短大があって、栄養学、幼児教育学、被服学、この三つの科から選べます。花嫁修業のエリートコースです。当然そこへ進むものと両親は思い込んでいました。女の幸せは結婚と出産。その価値観に迷いのない家庭だったのです。

高校三年の夏、進路相談室で、わたしは担任の先生におそるおそる言ってみました。

「国文学を勉強したいんです」

「ほう、それはうれしいですね」

担任は国語教師で、羅生門というあだ名でした。芥川龍之介にそっくりの髪型をしていましたし、面差し（おもざし）も似ていて、すらりと背が高く、人気教師でした。

女子校では男性教師というだけで背が低くても太っていてもちやほやされるものです。あれだけ見た目が良ければなおさらのことでした。

わたしは羅生門に家庭の事情を話してみました。

「父は女の子に文学は要らないと言うんです。料理や裁縫を学んで、良い妻、良い母になるべく家政科へ進みなさいと」

「お父上の意見をあなたはどう思いますか？」

「文学は男性にだって必要ないと思います」

「ほう」

「必要だから学ぶのではなく、学びたいから学ぶ。それじゃいけませんか？」

「いけなくないですよ」

即答です。あまりにもあっさりと羅生門は認めてくれました。

「ではあなたは他大学受験希望ということで、いいですね？」

羅生門は名簿の志賀小春の欄に、万年筆で『受験希望』と書きました。美しい字でした。さあいよいよ夢への一歩です。うれしいはずなんです。なのに、ブルーブラックのインクが乾くより前に、わたしの心は不安でいっぱいになりました。

「でも」

「でも？」

「自信がありません」

「受験勉強をしてこなかったのですか」

「勉強はしました。親に内緒で受けた予備校の模擬試験は、希望大学A判定でした。でも、わたしは」

「でも、なんですか」

わたしは黙り込みました。国文学を学びたいと威勢のよいことを言ったのに、心の中はあまりに幼稚な考えでいっぱいだったのです。

「迷ったまま話してくれていいですよ」

羅生門の言葉はやわらかく、わたしの怯（おび）えた心をそっと包みました。

女子校育ちで、話をする男性と言えば、父と兄と親戚のおじさんくらいでした。彼らはみな頭ごなしに言い聞かせる話し方をします。こちらの返事など聞いちゃいません。正しいのは常に彼らなのです。彼らはとても親切でしたし、親切であることに自覚と誇りを持っていました。

羅生門は違います。せかさずに、待ってくれるのです。それはそれは新鮮でした。

「幼稚園からずっとこの学校なので、外へ出たい気持ちと、怖い気持ちがあって」

羅生門は小さくうなずきながら聞いてくれています。

「勉強はしたいんです。でも、知らない人ばかりいる大学へ行くのが、恐ろしいような気もして」

「それならば良い提案がありますよ」

羅生門はにっこりと微笑みました。

「わたしのところへおいでなさい」

「は?」

「永久就職ですよ」

羅生門の顔に窓からの夕陽が当たっていました。鼻から左側がオレンジ色に染まって、右側は青ざめて見え、パブロ・ピカソの名画『読書する女の顔』のようでした。

「本はうちに山ほどあるし、文学のことならなんでも教えてあげましょう」

羅生門の鼻は高く、たいそう良い形をしていました。鼻の頭は日焼けで皮が剝けかかっていました。体育祭の名残です。声は静かで柔らかく、頭ごなしの父や兄と違って、選択権をこちらに委ねた、紳士そのものの振る舞いに見えました。

わたしはこの突然のプロポーズを受け、高校を卒業してすぐに羅生門と結婚したのです。

結婚式のあとで知ったのですが、羅生門に「わたしのところへおいでなさい」と言われたのは、わたしだけではなかったんです。わたしが知ってるだけでも十五人は言われていました。あれは、進路に迷ってかちかちになっている生徒の心をなごませるための、お決まりのジョークだったのです。

わたしが真に受け、「はいそうします」と言ったもので、困惑したのは羅生門のほうだったかもしれません。

羅生門は立派です。一瞬たりともろうばいを見せず、「じゃあ、約束ですよ」とわたしと握手を交わし、約束通り卒業を待って、結婚してくれました。

芥川龍之介似の羅生門は夏目先生。

つまり、こうしてわたしは夏目家へ嫁いだのでした。

堀雅子・二十九歳はタクシーの後部座席に乗り込むと、行き先を言おうとして突然の音声ガイダンスに邪魔された。

「お客様の安全と法令を守るため、シートベルトの着用をお願いします」

雅子は「そのくらい口で言え」と心の中で毒づきながら、シートベルトを装着すると、行き先を告げた。運転手は「は？」と聞き返す。電車の便が良い場所なのに、渋滞するかもしれない道路を選んだので、聞き違いと思ったようだ。

雅子は再び行き先を伝えた。帰国する度に電車の路線が増える。東京の鉄道網は雅子にとってもはや迷路のようだ。怖くて使えない。

バッグから煙草を出してくわえ、ライターをカチカチやると、運転手が「禁煙です」と言った。見ると、窓に『禁煙』と書かれたシールが貼ってある。

雅子は煙草をくわえたまま外を見た。

禁煙禁煙禁煙！

この国はどれだけ健康になったら気が済むのだろう？

狭い日本、そんなに長生きしてどこに住む？　国民が適正年齢で死ねば、高齢社会の諸問題は一掃されるのに。

雅子は流れる都会の風景を冷めた目で見つめる。

ウガンダ共和国からヨーロッパ経由で成田に着いたばかりだ。雅子は国際医療支援団体の職員である。非営利団体職員の給料は公務員より不安定だ。

語学力と健全な精神と強靱な肉体、加えて社交性も必要な職業なのに、出世欲も金銭欲も満たされない。「役に立った」という手応えと、人々の「ありがとう」がボーナスに値する。

雅子は世界の難民地区を医師と共に渡り歩き、医療施設を整備したり、衛生指導をしている。無資格なので、医師のサポート役だ。先月は日本の医学会に呼びかけ、まとまった数の薬を寄付してもらい、苦労して運んだ。ところが受け入れ先で断られるというとんでもない事態に。

「我が国ではこの薬は未認可です」

頭を殴られた気がした。組織が、もちろん自分も含めて、国際格差に対する認識があまかった。

多少は経験を積んできたつもりが、足をすくわれた。病んだ子どもを何百人も救える良薬をむざむざ焼却処分しなければならず、善意で寄付してくれた日本の医学会にも顔向けできない。

それでも仲間たちは正義のエネルギーで次の課題に取り組もうとしている。

雅子はついてゆけない。仲間と違い、雅子の正義エネルギー保有量は極めて微量だ。

学生時代はふわふわと、おしゃれを楽しみ、ケーキの食べ歩きをするごく普通の女の子だった。案の定、就職に失敗。大学の就職課でたまたまポスターを見て、青年海外協力隊に応募した。

就職活動のつなぎのつもりだった。派遣された先はバングラデシュ。そこで暮らすうち、日本に違和感を持つようになってしまった。

声高（こわだか）に叫ぶほどの正義や思想は持ち合わせていない。流れで今の団体にひょいと就職してしまったのだ。

昔のふわふわの自分に戻って日本で暮らしたいと思う。今回のような失敗があると尚更（なおさら）だ。そんな折りに太一郎の死の知らせを受けた。

その時まっさきに雅子の頭に浮かんだのは「日本でもインフルエンザで人が死ぬんだ」で、パソコンでインフルエンザの各国致死率を調べた。予防対策の種類、国の対応格差も調べ、グラフにして報告書を作りかけたところで、はっとした。

死を特別なものに思えなくなっている。

こんな感覚で日本で暮らすのは無理だと感じ、情けないと思ったとたん、少し泣けた。

親戚ではなく、「近所のお兄ちゃん」である太一郎の葬儀で帰国費用は出ないが、日本での報告会議出席の任を仲間が譲ってくれて、戻ることができた。

葬儀から一週間経っているが、まだ納骨は済んでないだろう。たいっちゃんにお線香をあげよう。正義がなくても、できることだし。

懐かしい街に着いた。

実家へは寄らずに、夏目家のベルを押す。何度押しても反応がないので、裏庭に回って叫んだ。

「イーヨくん！」

一階の北の四畳半の窓が開いて、ひょろっとした男が顔を出した。いつもの顔に、ほっとする。安心したら文句のひとつも言いたくなった。

「いたのね。ベルが鳴ったら出るべきだと思わない？」

「雅子妃、いつ帰国したの？」

「ベルが鳴っても出ちゃ駄目って、いつもたいっちゃんが言ってたのは知ってる。イーヨくんは訪問販売ですぐに買わされちゃうからね。でも、たいっちゃんはもういないんだからさ」

雅子は突然目頭が熱くなった。でも、こらえた。

「お客が来たら出るくらいしないと」

伊代太はまばたきをくり返した。昔からのくせで、答えに窮したり、難題をつきつけられると、まばたきが激しくなる。結局答えはいつも「いいよ」なのだけど、即答できる時とできない時が彼にはあるのだ。

今は兄の死をどう受け止めているのか、雅子にはわからない。夏目家五人兄弟の中で一番何を考えているのかわからないのがこの伊代太だ。

善的意志も悪的意志も感じられない。

歩く無意志。

「たいっちゃん、残念だったね」と言ってみる。

「雅子妃、仕事くびになったの？」

「イーヨくんが家長なんだから、しっかりしなくちゃね」

「カチョー？」

冗談も通じない。

「四郎は帰国した？」

伊代太は首を横に振った。

「じゃあ、このうちイーヨくんしかいないわけでしょ」

「そうでもないんだけど」

「志賀のおじさん、いるの？」

雅子は志賀直弥がいるなら帰ろうと思った。正しい人なんだけど、めんどくさい。正しい人だからめんどくさいのかもしれない。

「おじさんは葬儀のあと帰った」

雅子はほっとして、「くびになってないよ」と言った。

「たいっちゃんにお線香あげに帰ってきた。今回はしばらくいるつもり」

「しばらくって？」

「しばらくはしばらくだよ」

すると伊代太が「入る？」と言って手を差し伸べた。

雅子ははっとした。伊代太の指が長い。子どもの頃に戻ったような感覚と、長い指とのギャップに、一瞬、時間軸が歪(ゆが)んだような気がした。

子どもの頃はよくこの窓から出入りした。

雅子は夏目家四男の四郎と歳が同じだったし、雅子の両親は共働きだったので、夏目家のおかあさんにおやつをもらったり、お手玉をして遊んでもらったりした。夏休みも学童保育へ通わず、夏目家でお昼ご飯を食べさせてもらった。

「うちは男ばかりでしょう？　雅子ちゃんがうちに来てくれるとおばさんうれしい」

忙しかっただろうに、いつも笑顔で迎えてくれたおばさん。あたたかい気持ちになったのを覚えている。夏目家は雅子にとりもうひとつの我が家だった。おばさんが死ぬまでは。

雅子は伊代太の指を見ながら思った。

自分は二十九歳。伊代太は二十七歳。もう無心に手をつなげる年齢ではない。

「玄関から入る」

伊代太はそう、と言って手を引っ込めた。

そのとき雅子は妙なものを見つけた。窓のちょうど下の土に、黒いつるつるのきれいな石がある。それはころがっているふうではなく、置いてある、という感じ。なにかのおまじないだろうか？

「どうしたの？　雅子妃。玄関鍵かかってないよ」

「その雅子妃ってやめてくれる？」

伊代太はきょとんとした顔をした。

「わたしがそう呼べ、って言ったのは覚えてる。でもそれ十年も前の話じゃない？」

「二十二年前だよ。テレビで皇太子ご成婚パレードを見た日」

雅子の脳裏にその日の光景が浮かんだ。夏目家の居間で、伊代太とふたりでテレビ画面を見ていた。白いドレスを着た白鳥のようなプリンセス。たっぷりの黒髪にキラキラ光るティアラ。アイロンがけをしていたおばさんが「綺麗ね」と言ってたっけ。自分と同じ名前のプリンセス誕生に心躍り、そばにいた伊代太に「わたしを雅子妃と呼びなさい」と言ったら、五歳の伊代太はうまく発音できず、「まちゃこーひー」と言った。

かわいかったな、伊代太。

「そんな昔の約束。もうやめてよ」

「わかった。雅子さん、玄関からどうぞ」

雅子は玄関へ向かいながら、もう後悔していた。

世界でひとりくらい雅子妃と呼んでくれる人間を残しておけばよかった。

夏目家に上がるのは何年ぶりだろう。

玄関に入ったとたん、雅子は夏目家の何かが変わったと感じた。空気に違和感がある。

居間へ入ると、太一郎の遺骨があった。遺影は滑稽なほどぼやけている。

あの、人の良い笑顔。とぼけた声の「おかえり雅子ちゃん」は二度と聞けないんだ。

お線香をあげ、手をあわせて目をつぶる。

さきほどからの違和感はなんだろう？

夏目家の長男が死んだ。だから夏目家は変わったんだと思おうとしたが、もっと異質な何かを感じる。

伊代太は長い足をじょうずに畳んで正座をして、灰皿を置いてくれた。足を崩して煙草に火をつけ、「落ち着いた？」と聞いてみる。

「夜の十一時が問題なんだ」と伊代太は言った。

「太一兄さんはだいたいその時間に帰ってきた。だから夜の十一時になると、耳をそばだててしまう」

「ただいまがなくなったんだね」

「うん」

「急だったの？」

「前の晩はふつうにご飯を食べてた。頭が痛いから薬を飲んで寝る、って言ったんだ。朝になっても起きてこないから心配して声をかけたら返事がなくて、病院に行こうって言ったけど、動けないみたいで」

「救急車？」

「うん、すぐ来てくれた。でももう意識がなかった」

「小さい子どもならわかるけど」

「珍しいけど、ゼロではないらしい」

伊代太はまばたきを繰り返し、ちらちらと太一郎の遺影を見た。

「責任を感じちゃだめだよ」

「みんなに言われる」

伊代太は悩んでいるようには見えず、ただ、「実感がわかない」をくり返した。二十年前、おばさんが亡くなった時も、兄弟の中で伊代太だけが泣かずに、ぽかんとした顔をしていた。七歳だからしかたないけど、二十七歳でも同じなんだ。

成長しない伊代太。

じゃあ、自分は成長したのかしら。雅子は胸に問う。少なくとも、大人の顔にはなったと思う。だって、そうしなきゃ社会に出てやっていけない。

多くの人間は成長したふりをしている。あるいは、成長した気になっている。

人の死だってそう。伊代太はきっと理解できていない。だからぽかんとしている。

みんなは泣く。理解して泣いているのか？　違うと思う。

雅子は海外で多くの死を目の当たりにした。救えなかった小さな子どもの死に、泣くこともある。死は日常だ。それでも死はいまだに謎のままである。

だって、生きている人間はみな、死んだことがない。

泣くことで目の前の死に終止符を打つ。前へ進むための儀式だ。伊代太は儀式をしない。だからきっと、前に進めないんだ。

太一郎の遺影の横に、おばさんの遺影がある。雅子は二十年前のあの日、おばさんが夕方出かけた理由を知っている。けど、誰にも言ってない。おばさんから「内緒ね」と言われたからだ。

あの日は朝から雨が降っていた。雨が上がるのを待って、おばさんは家を出た。門の前のくぼみ。おばさんは水たまりに片足をつっこんでしまい、白いキャンバス地のスニーカーが濡れた。おばさんは行くのをやめるかと思ったけど、濡れた靴のまま出かけて行った。

　二十年前を思い出していると、伊代太のうしろを誰かがよぎった。一瞬、おばさんかと思ったけれど、違った。

　大きな体の女がのしのしと歩いて部屋を横切り、トイレに入った。

「お客さん？」

　雅子の質問に伊代太は首をかしげた。

　まさか幻覚？　それとも亡霊？

　雅子はぞっとした。すると、トイレで水が流れる音がした。

「ほら、お客さん、いるよね」

　ようやく夏目家の違和感の正体がわかった。他人の匂いがするのだ。

「お客さんではないよ」と伊代太は言った。

「太一兄さんの婚約者なんだ」

「婚約者？」

「聞いてない？　来月結婚式の予定だったんだ」

「たいっちゃん、結婚決まってたの？」

「内輪でこぢんまりとやる予定だったんだ」

「あのひと、妊娠してない？」

「そうみたい」

「お通夜で初めて会ったんだ。伯父さんも兄さんたちもみな、初対面で」

「できちゃった婚？」

あの太一郎が、おっとりとした太一郎が、まさかの展開だ。

「誰も知らなかったの？」

「うん」

「たいっちゃん言いにくかったんだね、ほら伯父さん、頭硬いから」

「そうなのかな」

「子どもができたのに、たいっちゃん、死んじゃったんだ」

「うん」

「あのひと、何歳？」

「さあ」

「いつまでいるの？」

「結婚する予定だったから、前住んでたところ、引き払ってしまったんだって。葬儀の後からずっと兄さんの部屋にいるんだ」

あなたたち、ふたりで暮らしてるの？　と言おうとしたら、女がのしのしと近づいて来た。

「お客さん？」と女は伊代太に聞いた。

失礼な女だと雅子は感じた。夏目家とのつきあいは自分の方が長い。いくら太一郎の婚約者とはいえ、こちらに会釈もせずに「お客さん？」はないだろう。

大人とはどういうものか教えてあげようと、立ち上がって挨拶した。

「幼馴染み（おさななじ）の堀雅子です。すぐそこに住んでいて、太一郎さんには妹のようにかわいがってもらっていました」

「堀雅子？　へえ」

女は野太い声で言った。裏はなさそうで、愛想のない不器用な人間なのだと感じた。大柄でたれ目で、髪がぼさぼさで、だらしなく太っている。女をどぶに捨てているようなたたずまいに、どこかほっとする思いがあって、油断した。

「堀さんって、伊代太くんの彼女？」

「いいえ！」

びっくりして妙な声を出してしまった。伊代太がくすっと笑った。むかつく。それにしてもこの女、遠慮とか逡巡とかまったくないらしい。油断ならないと雅子は気を引き締める。

「彼とも太一郎さんとも幼馴染みです」

「幼馴染みの堀さん、ふうん」

女は値踏みするように雅子を見た。

「少し時間もらえる？」

「ええ……はい」

「伊代太くん、わたしたち、ちょっと出て来る」

女は出かける準備をした。と言っても、ピンク色の安っぽいポシェットを肩にかけただけで、髪をとかすこともせず、グレーのゆるいチュニックに、えんじ色のスパッツ、家着姿のまま、くたびれたスニーカーを履いた。


わたしは驚きました。

雅子ちゃんはなんて立派な大人の女性になったのでしょう。

黒のビジネススーツがぴったりと細身の体に合って、白の開襟シャツは糊がきいてるし、なにしろ海外を飛び回ってるみたいだし、どんなお仕事か知らないけど、海外だなんて、すごいことだと思います。

さて、ふたりは今、『喫茶ポー』にいます。

中央の丸テーブルで、太宰薫さんと雅子ちゃんは見つめ合っています。

ここは昔からある喫茶店で、珈琲がおいしい。

結婚してから、「ポーでお茶する」はわたしにとり最高の贅沢でした。でもわたしが入ったのはたったの三回です。子どもが生まれてからは一度もありません。今も珈琲がおいしいかどうかはわかりません。

当時のマスターは店内に見当たりません。江戸川乱歩のファンで、おどろおどろしいタイトルの小説を店内にずらりと並べていました。江戸川乱歩のペンネームのもととなったエドガー・アラン・ポーから喫茶店の名前を付けたそうです。

芥川龍之介に心酔するわたしの夫は「尊敬する作家が尊敬する作家の名前ではなく、尊敬する作家から直接付けるべきだ」と早口ことばのような難癖をつけ、マスターは「芥川龍之介にはオリジナリティーがない」などと言い返し、最初は笑いながら言い合っているのですが、最後には純文学がどうの、通俗小説がどうのと唾を飛ばし、喧嘩になってしまうのでした。

ポーには黒猫がいて、乱歩作品が並んでいる木製の本棚の上で、いつもそんなふたりを小馬鹿にしたように見下ろしていました。喧嘩も黒猫もひっくるめて、喫茶ポーのあたたかい記憶です。

今は乱歩作品はなく、漫画本が並んでいます。黒猫はいます。あの黒猫の末裔でしょうか。本棚の中段で、あくびをしています。

太宰薫さんと雅子ちゃんは互いに窺い合っているように、目を合わせてはそらしてをくり返しています。

最初に口を開いたのは太宰さんです。

「伊代太くんのことで、あなたが知ってることを教えてほしいんだけど」

「知ってることって?」

「幼馴染みなんでしょう?」

「まあ、そうです」

「志賀の伯父さん知ってる?」

「ええ」

「伯父さんの勧めで、伊代太くんと結婚するの、わたし」

ガタン、とすごい音がしました。雅子ちゃんが椅子を引かずに立ち上がったのです。椅子は傾きましたが後ろにガジュマルがあったため、床に倒れはしませんでした。珈琲を運んで来たウエイターが驚いて立ち止まりましたが、珈琲はぎりぎりこぼれませんでした。

「イーヨくんと、結婚？　あなたが？」

雅子ちゃんは、ひどくびっくりしてます。

「あなたのお腹の子は、たいっちゃんの子ですよね？　イーヨくんが、その子のおとうさんになるってこと？」

「頭のいい人ね」と太宰さんは言いました。

「わたしはそこを結びつけるのに五時間はかかっちゃったわ」

ウエイターはそっと珈琲を置いて去りました。

「座ったら？」

太宰さんは余裕です。

雅子ちゃんは眉根を寄せたまま座りました。

わたしはとうとう女の子を産むことはできませんでした。けれど、近所に雅子ちゃんがいることで、子育てに華やぎがありました。男の子は扱いにくいものです。行動は乱暴なのに、心は繊細。それが平均的な男の子の傾向です。

比べ、女の子は芯が強いです。特に雅子ちゃんは幼い時からしっかりもので、バランス感覚が優れています。うちの五人兄弟の誰とでもいい、お嫁さんになってくれたらと思ってました。

そう、雅子ちゃんはわたしにとってわが子のような存在なんです。

一方、太宰さんは通夜に突然現れたエイリアンです。このふたりが対峙して、エイリアンのほうが余裕の態度をとっていることに、わたしは仏の身ながら、歯がゆい思いがあります。

雅子ちゃんがんばれ。

雅子ちゃんは珈琲をひとくち飲みました。表情が柔らかになったので、ここの珈琲の味は健在なのだとわかり、こんな時に呑気なことですが、うれしくなりました。

「イーヨくんは何て?」と雅子ちゃんは尋ねました。

「さあ、彼の気持ちは知らないわ。わたしが決心したら決定だって志賀の伯父さんが言うのよ」

「それはどうかしらね」

雅子ちゃんは首をひねりました。

「さすがに結婚だし、イーヨくん、そこまで流されるかな」

「やはり無理？」

太宰さんはそうよねえと言いながら大きくうなずきました。

「無理な話よね、弟がお兄さんの嫁を引き受けるだなんて。しかもほら」自分の突き出たお腹を指差して「妊婦だし」と言いました。思いのほか素直な態度です。

雅子ちゃんは相手のお腹を見ながら労るようにこう言いました。

「世界的には珍しくありませんよ。そういうこと、過去には日本でもよくありました」

「じゃあ、変ではないと思う？」

「変ですよ」

雅子ちゃんはきっぱりと言い、それからがぜん能弁になりました。

「世の中は変です。いいですか？　殺人はどの法治国家でも重罪ですよね。なのに世界中で人が人を殺してるんですよ。たくさん殺すと殺人ではなくて戦争って名前が付くのです。しかもたくさん殺した方が勝ち。これ、理屈が通りません。人類にはね、ほかに敵がいっぱいいるんです。ウイルスとか自然の猛威。寿命だってあります。ほっといたっていつか人は死ぬんです。なのにあえて殺し合う。歴史的に見ても人間はおろかものです」

「はあ」

太宰さんはぼんやりした目をしています。「戦争ねえ」と言いながら、珈琲をひとくち飲みました。

「戦争に比べたら結婚なんて、小さい話ですよね」

太宰さんはじょうずに話を本題に戻します。

「お兄さんじゃなくて、弟と結婚する。どっちにしろ夏目薫になる。ってこれ、たいした違いではないわよねえ。うん、誰も死なないし」

太宰さんはどんどん結婚肯定に話を進めていきます。

「志賀の伯父さんは、結婚式場をキャンセルしないで、このまま伊代太くんとわたしの結婚式をするつもりみたい」

「とうとうめんどくさくなっちゃったんだな」と、雅子ちゃんはあきれたように言いました。

「めんどくさいって？」

「伯父さん、苦労したから」

「苦労って？」

それには答えず、雅子ちゃんはこう言いました。

「でもそれ、イーヨくんの彼女が何と言うか」

「伊代太くん、彼女いるの？」

さあ、というふうに雅子ちゃんは肩をすくめました。

「子どもの頃からイーヨくんはもてました。すらっとしてるし、頭もいいし」

「頭いいの？　そうは見えないけど」

「マラソン大会ではいつも優勝してたし、模試でもトップでしたよ」

「うそお」

太宰さんの腫れぼったいたれ目が大きく開きました。

わたしは伊代太がマラソンでトップを切る姿を想像しました。

見たかったです！

成績が良いのは意外ですが、さもありなんという気もします。

すらっとして頭もいいですって。もてるんですって。伊代太を誉められて、うれしくてなりません。雅子ちゃんありがとう。伊代太は思いのほか社会に馴染んでいるのかもしれません。太一郎が心配したのは、杞憂だったのかもしれません。

このとき太宰さんはにやりとしました。

ぞっ。

笑みは一瞬で消えたので、雅子ちゃんは気付いていませんが、わたしはしっかりと見ました。そして気付いたんです。

太宰さんは巧妙な聞き手です。

けして腰は低くないのに、ちょうどいい具合に驚いたりうなずいたりして、相手を知らず知らず能弁にさせます。もうほら、知り合ったばかりの雅子ちゃんから伊代太の情報をぬかりなく聞き出しているではありませんか。

一方、雅子ちゃんはお人好しです。太宰さんが何ものか、全く聞き出せていません。わたしが太宰さんについて知りたいことは何ひとつ謎のままです。

いったい何もの？　この女！

しっかりして、雅子ちゃん！

「イーヨくんは高性能なぼんくらなんですよ」

雅子ちゃんは吐き捨てるように言いました。まだ情報提供するみたい。

太宰さんはアメリカ人のように肩をそびやかし、わけがわからない、という顔をしてみせます。大げさな表情です。雅子ちゃんは勢いづいてしゃべります。

「イーヨくんは断らないから、女に告白されると受け入れるんです。二人でも三人でも、平気で受け入れます。バレンタインに七人の女の子が鉢合わせしてましたよ。彼女たちはあきれて、すぐに彼のもとを去るんです。そういうの、繰り返してましたよ。イーヨくんに比べてたいっちゃんは女っ気ゼロでした。ひとりくらい分けてもらえばいいのにって思ってました。あ、ごめんなさい、婚約者の前で」

「いいの。太一郎はいい男でした。世の中の女は見る目がないのよ」

「イーヨくんですけど、今、彼女がいなければ問題はないけど、もしいたら黙ってあなたにゆずるかしら？」

「そうね。彼女がいたら無理よね」

「彼女がいないとしても」

雅子ちゃんは腕組みをして、眉根をよせました。

「結婚ですよ？　そこまでイーヨと言うかなあ」

「そうよねえ、彼、若くて未来ある若者ですものね」

太宰さんは何度もうなずきました。まるでひとごとのようです。

そもそもあなたはいいのですかとわたしは問いたい。

あなたは太一郎を愛し、太一郎の子をそのお腹に宿しているわけで、太一郎と伊代太は別人ですよ。婚約者が死んだばかりなのに、その弟と結婚することに、なんの躊躇もないのですか？　やはり五百万が目当てですか？　それとも家？

古くてぼろぼろですが、土地付き一戸建て。売ればそれなりの財産にはなるでしょう。


するとと雅子ちゃんが言ってくれました。

「あなたはそれでいいのですか？」

しばらくの沈黙のあと、本棚の黒猫が「ふにゃーっ」と鳴きました。

見ると、大きなあくびをしながらのびをしています。それを見て、太宰さんはふふっと鼻で笑いました。笑っただけで、何も答えてないのに、なぜかしら話が終わったという空気になりました。

雅子ちゃんはあせった顔をして、バッグから煙草を出しかけましたが、妊婦のお腹に気付いてバッグにしまい、そのあと黙ってしまいました。たったひとつの質問さえ、答えを得る事ができなかったわけです。雅子ちゃん撃沈です。

不思議です。

見るからに、雅子ちゃんのほうが立派なんです。美しくて賢くて素敵です。なのになぜか太宰さんが大きく、雅子ちゃんが小さく見えるんです。

どうしてでしょう？

余裕があるのです。太宰さんは、たしかな何かを持っていて、自信たっぷりなのです。妊娠してるから？　いいえ、女は妊娠したくらいで自信家にはなれません。出産しても、育児をしても、それが自信につながることはありません。母となる。それは一生逃げることのできない不安を抱え込むようなものですからね。

太宰さんの自信がどこから来るのかは謎です。

ひょっとすると自信じゃないのかしら。むしろなにか、肝心なものの欠落かもしれません。えーと、心理学者じゃないからうまく言えませんが、どこかネジが抜けている。それゆえの強さかもしれません。

雅子ちゃんはニコチン切れで落ち着かないのでしょう、「家に帰らなくちゃ」と言って、逃げるようにお店を出て行きました。

太宰さんはひとりになるとウエイターを呼び、「ケーキある？」と尋ねました。

ウエイターは「本日はショートケーキとベイクドチーズケーキとチョコレートケーキがございます」と答えます。

「ショートケーキのフルーツは何？」

「苺（いちご）です」

ウエイターの返答に、太宰さんは顔をしかめました。

わたしはこの時、ひっかかりを感じました。太宰さんの困惑した目、寄せた眉に、何か懐かしいような……いいえ、懐かしさではありません。息苦しいような感覚を持ったんです。もとよりわたしは仏ですから呼吸はできませんし、しなくてもかまわないのですが、息苦しい感覚が甦り、体じゅうにひりひりと痛みすら感じます。このままでは死んでしまう、と思ったのですが、あらまあ、わたしはとっくに死んでいるではないですか。

「じゃ、チョコレートケーキ」

彼女はもうすっかり元の顔になっており、そのけろりとした顔を見ると、わたしの息苦しさも消えました。

それから彼女は漫画を読み始めました。ケーキを食べ、漫画を読み、おかわりもしました。飲み物ではなくケーキのおかわりです。チョコレートケーキを二個、チーズケーキを一個たいらげ、漫画三冊目を読むあたりで、黒猫が本棚から降りて来て、彼女の膝の上にひょいっと乗りました。

彼女は驚くでもなく、払うこともなく、勝手にしろという感じで、猫を受け入れています。なでるような優しさはありませんが、黒猫はむしろそこが気に入ったようで、安心しきって彼女の膝で眠っています。

まるまる二時間観察しましたが、彼女の心はついに見えませんでした。そしてわたしが感じた息苦しさが何だったのかも解明できませんでした。


太宰さんは家に帰るとすぐ、伊代太を呼び、遺骨の前で言いました。

「志賀の伯父さんの提案なんだけど、死んだ太一郎の代わりに、あなたがわたしと結婚して、ここで一緒に暮らすというの。どうかしら?」

伊代太は黙って聞いています。

「一週間考えて、わたしはあなたと結婚すると決めたんだけど。あなたはどう?」

伊代太は太一郎の遺影を見て、次にわたしの遺影を見て、最後に太宰さんを見て、まばたきもせずに言いました。

「いいよ」

ものの一分もかからず、結婚は承認されました。

この時、太宰さんは一瞬、息を呑み、かすかに目の下が震えました。伊代太の答えにひるんだようです。

彼女にも恐れという感情があるのでしょうか。

一方、心配なのは伊代太のほうで、こちらは全く動ずることなく、おおらかなのか、阿呆なのか、たぶんそのどちらもで、実感がないのでしょう。兄の死も、自分の結婚も、ひとごとというか、小説の中のできごとのように見えているのかもしれません。

太一郎が心配するのも無理ありません。

雅子ちゃんの予想ははずれ、こうしてふたりは結婚することになりました。

やれやれ。

# 第二章　結婚式

夏目銀之介(ぎんのすけ)・六十五歳は、モーニングの上着に手を通そうとして、指が袖(そで)にひっかかった。袖口の内側がほころびている。

妻は化粧台に向かってつけまつげを貼り付け中で、こういう時に声をかけてあたたかいリアクションを期待するのは難しく、しかたないからセロハンテープで応急処置をする。

時計を見る。出かけるにはまだ早い。

キッチンに入り、やかんに水を入れ、火をつける。

銀之介は二十年前に高校教師を辞した。一年のブランクののち、出身大学に呼ばれ、現在は教授職に就いている。

湯がわいた。一番好きなのはアールグレイだが、それは帰宅後に飲むことにして、二番目に好きなダージリンを選ぶ。湯は少し冷まして、八十五度が適温だ。

しずかに注ぐと、湯はあざやかな赤に染まってゆく。香りと色を楽しんでいると、妻が「わたしにもちょうだい」と言うので、二杯目をいれてさしあげる。

「今ごろ伊豆で温泉につかってるはずだったんだけどなあ」

妻は紅茶にあんずジャムを入れ、スプーンでぐるぐるかき回した。

せっかくの紅茶になぜジャムなど入れるのだろう？　理解できない。香りも色も台なしだ。「ロシア人はこうするの」と妻は言うが、われわれはロシア人ではない。

「温泉、行ってくればよかったのに」と銀之介は言った。

「そうもいかないでしょう？　あなたの子どもの結婚式ですもの。一応、あの子たち、戸籍上はわたしの息子なんですからね」

銀之介は目の前の女を息子の母親とは思えない。だから長男の葬儀には連れて行かなかった。息子たちの母親は、死んだ小春だ。

自分が五人の息子の父親だという自覚もない。二十年前に父親業は放棄した。

妻はずずずと紅茶をすする。

「太一郎くんが亡くなった時、当然結婚式もなくなると思ったから、ともだちに誘われてた温泉旅行、ＯＫしちゃったんだけど、まさかねえ、伊代太くんが代理で結婚するとはねえ。この展開、画期的よ」

妻のカップにべっとりと口紅が付く。

「あなたたちの一族、変わってる。喪に服するって意識はないのかしらね」

銀之介は疑問に思った。喪中に結婚式はＮＧで、温泉旅行はＯＫなのか？

そのあたり、よくわからない。

本日の結婚式について、志賀直弥から電話があった時、銀之介は「なるほど志賀の考えそうなことだ」と思った。それは、はたから見ると奇妙なことかもしれないが、小さな命を大切に考えた、苦肉の策だと理解している。面倒見の良い志賀が太一郎の遺児の行く末を思ってのことで、温泉旅行よりもよほど喪に適った行いではないだろうか。太一郎もきっとあの世で「ありがとう、伯父さん」とほっとしていることだろう。

紅茶を飲み終えたら、ちょうどよい時間になった。

妻の愛車の助手席に乗り、式場へと向かう。妻は鼻歌を歌いながら運転する。ショパンが好きなので『小犬のワルツ』だ。曲は軽快だが、運転は慎重に願いたい。

雨が降ってきた。

銀之介は二十年前の雨を思い出す。

高校教師をしていた。急な大雨で、球技大会が延期になった。通常の授業となり、放課後は職員全員で日程調整の話し合いをしていた。そのとき妻から電話があった。今の妻ではなく、当時の妻・小春からである。

ふだん職場にかけてこないので、何かあったと思い、あせって電話に出ると、「帰りに苺を買ってきてくれないかしら」と言う。

「何時に終わるかわからない」と答えた。少し、迷惑そうな言い方をしたかもしれない。

「ごめんなさい、やはりいいわ」と電話は切れた。

会議はやはり長くなった。今でもはっきり覚えているが、次に職員室にかかってきた電話は午後七時三十五分。警察からだった。

「大橋でトラックと乗用車計七台の追突事故があり、負傷者の中に夏目小春さんと見られる女性がいますので、ご確認いただきたく……」

あとはよく聞こえなかった。「負傷者」と言った。だから行き先は病院のはずなのに、指定されたのは警察署であった。

タクシーに乗った時、雨はもうやんでいた。夜の街を歩く人々がみな幸せそうに見えた。警察署に着くと、安置所に案内された。

「妻ではありません」と言った。見る事はできなかった。ただ「小春ではない」と言い続けた。小春が死ぬはずはないからだ。

義兄の志賀直弥があとから駆けつけ、「小春です」と言った。目を真っ赤にしながら、左足の甲のホクロが記憶と一致する、などと警官と話している。

銀之介はこのとき志賀が小春を殺したと思った。

自分は小春の死を認めない。そもそも小春がなぜあんな時間に橋を渡る必要があったのか。しかもワゴン車から見つかったという。知らない人間の車だ。おかしすぎるではないか。たった数時間前、「苺を買ってきて」と言ったのに。

ひょっとして苺を買いに行ったのか？

ヒッチハイクで？

その後、志賀が葬儀を仕切り、小春の死をどんどん現実のものとした。

一方、銀之介は小春の死から逃げた。

小春と出会った高校を辞め、旅に出た。子どものことは志賀に任せ、まる一年、家に戻らなかった。罪悪感など感じる余裕はない。小春はそもそもいないという境地で、なんとか生きながらえようとしたのだ。

彼女の記憶を呼び覚ます誰の顔も見たくなかった。子どもでさえも。

銀之介は高校教師時代、生徒から「羅生門」と呼ばれ、人気があった。敬愛する芥ていた。

川龍之介の髪型を真似ていた。教えることに熱意があったし、ユーモアも持ち合わせていた。

小春と出会ったのは、教師になって五年目の春。担当になったクラスに彼女はいた。成績優秀な生徒だったが、少し変わったところがあった。

「先生、芥川賞ってなぜ純文学の賞なんですか。芥川龍之介の作品って、技巧的だし、エンターテイメント性が強いじゃないですか」

初めての授業で、こう質問してきた。起立してまっすぐにこちらを見ていた。

生意気な子には慣れていた。どう答えようか考えていると、「あ、そうか！　芥川賞って短編小説の賞なんですね」と小春は勝手に納得して着席した。

おもしろい子だな、と思った。

受験希望だったので「ぼくのところに永久就職しなさい」といつもの冗談を言ったら、真に受けて嫁に来た。

こちらの心に本気があったので、伝わったのだと思う。

銀之介は子どもの頃からもてた。

ひょろりと背が高く、男としては力不足な体つきだし、目は一重で視力が悪く、つい睨むような目付きになる。たいした顔ではないと自分では思うが、女たちは不思議とこういう顔が好きらしい。結婚しても、変わらずもてた。生徒からラブレターをもらうこともたびたびあった。しかし小春が焼きもちをやくことはなかった。夫に愛されていることを知っていたからだろう。

小春の事故後、旅先でもさまざまな女に声をかけられた。

銀之介はその中に小春がいないか探し続けた。顔立ちが似ている女がいたが、全く違う声を持っていた。背格好が似ている女がいたが、魂が別人だった。小春はいないと納得するのに一年かかった。

今は大学で普通に「夏目先生」と呼ばれている。熱意もユーモアもない日本文学の年寄り教授だ。髪型は七三だし、芥川作品を講義で取り上げることはない。あまり好きではないが、太宰治と川端康成を教材にしている。

現在の妻は大学の学生課の職員で、むこうから近づいてきた。のらりくらりと相手をしているうちに「結婚して」と言われた。

「子どもが五人いる」と言ったら、「わたしは子どもを作りたくない」と言うので、逃げるように結婚した。式は挙げず、籍を入れ、共に暮らして十年、地味に続いている。

「太一郎、純二、京三郎、四郎」

運転中の妻がいきなりしゃべり出す。

「なんで伊代太くんだけ、名前に数字が付いてないの？」

銀之介は妻が子どもの名前を正確に覚えていることに驚いた。

「それにしても五人も。よく産んだわね」

妻はひとりでしゃべる。

「伊代太って変わった名前よね」

雨が強くなった。

信号で停車中に、妻はワイパーのスピードを上げた。ぶんぶんと揺れるワイパーの向こうに、雨の世界が広がっている。球技大会が中止になった日の、ずぶ濡れの校庭を思い出す。

「青だよ」と銀之介は言った。

妻ははっとしたようにアクセルを踏む。さりげなく話しているように見えるけど、真剣に質問を投げかけているのかもしれない。結婚してからずっと妻は子どもたちの話をしなかった。先妻の子だから話したくないのだと思っていたが、むしろ銀之介に気を使って、避けていたのかもしれない。

子どもはいないもの、小春は存在しなかった、そんなふうに考えるしか、生きてこられなかったからだ。

「女の子が欲しかったんだよ」と銀之介は言った。

妻はハッとしたようにこちらを見た。銀之介は顎(あご)をつき出し、「前を見るように」と無言で指示した。

妻はハンドルを握りしめ、前を見ながら言った。

「あなたが？」

「小春が」

妻はしばらく無言だったが、やがて「そう」と返事をした。

銀之介は前を見たまま静かに話し続けた。

「五人目は伊代という名前を用意してた」

「そしたらまた男の子」

「せっかくだから、太を付けて、男名前にした」

「伊代太くん、自分の名前をどう思ってるかしらね」

「どうって？」

「生まれた瞬間、おかあさんをがっかりさせたってこと、わかるんじゃない？」

「赤だよ」

「え？」

「赤信号」

妻は急ブレーキを踏んだ。横断歩道を乗り越えて停まった。雨は激しく、通行人はいない。やがて青になり、妻は慎重にアクセルを踏んだ。

「がっかりなどしていない」と銀之介は言った。

「だって女の子が欲しかったんでしょう？」

「生まれたら、うれしいだけだよ」

「六人目は考えなかったの？」

「欲しいと言わなくなった」

「……誰が？」

「小春が」

目的地に着いた。思いのほかこぢんまりとしたレストランで、『本日は貸し切りです』の札が下がっている。

雨は上がった。妻は車を降り、先に歩く銀之介を追い越しながら言った。

「あなた、初めて小春って言ったわね」

妻はレストランのドアの取っ手を握りしめた。

「そろそろおとうさんに戻ったら？」

妻がドアを開けると、やわらかな音楽が聴こえた。

♥

これはいったい何でしょう？

結婚式ではなく披露宴ですかね。レストランを貸し切りにして、身内とわずかな知り合いが集まって、ただ食事をするだけ。今はそういうのが普通なのでしょうか。わたしが生きていた頃とは全然違います。

バージンロードも三三九度（さんさんくど）もありません。

新郎新婦は初めから座っているし、乾杯の挨拶はかろうじて兄さんがしましたけれども、なんでしょう、全体に「太一郎の通夜のつづき」みたいな感じです。だって新郎新婦ったら、通夜と同じ服を着てますよ。さすがに伊代太のネクタイは白ですが、新婦が黒い服だなんて。

参加しているのも通夜と同じメンバーなんです。

純二と奥さんとありがとうが言えない娘、京三郎と水色の爪の女（本日はゴールドです）、兄さんと奥さんの波子さん、そして夫と現在の奥さん。

　招待客といったら、太一郎が店長をしていたコンビニの店員の太田くんと田中くん。この若者ふたりだけです。

　一応、レストランには司会がいます。贅沢なことに生演奏付きで、バイオリンとピアノがやさしい音楽を奏（かな）でています。コース料理のメインの前に司会が「祝辞をお願いします」と太田くんにマイクを渡しましたが、彼は立ち上がったとたん、「店長はとても優しい人でした」といきなり太一郎の話を始めました。

「誰よりも朝早く出勤して、店の前の掃除をしたり、商品チェックをしていました。ぼくらが遅刻しても、笑って許してくれました。ぼくらのミスの後始末もすべて夏目店長がしてくれました」

　隣の田中くんが続きを話します。

「ぼくも太田くんも、落ちこぼれです。よそのコンビニを太田くんは一ヵ月、ぼくは三週間でクビになりました。ツイッターでイタズラしたとか、そういう、反省すれば是正（ぜせい）できるタイプの欠点ではなくて、ぼくら気が利かなくて、動作が鈍（にぶ）いんです。こんなぼくらが店員で、立地もいまいちなのに、うちの店は系列で売り上げ上位です。なんと言っても夏目店長の商品管理システムの功績です。あんなに体を使って働いているのに、いつやっているのか、欠品をいち早くデータに反映させて、発注もひとりでやっています。スーパー店長ってぼくら呼んでいました。店長は恥ずかしそうに、ぼくはコンビニ店長だよ、って……あれだけ働いているのに、よく女性と出会う時間があったと、ほんと、婚約したと聞いた時は、ぼくらうれしくて、賞味期限が切れた弁当とデザートでお祝い会をしたんです」

「それを言っちゃ駄目だって店長が言ってたじゃんか」

太田くんはツッコミましたが、田中くんは聞いちゃいません。

「店長はうれしそうでした。そのうち彼女を紹介するって。結婚式には来てくれって。なのに……」

そこで田中くんが泣き崩れてしまい、祝辞はおしまい。いいえ、これは祝辞ではありませんね。弔辞です。

自覚があるようですが、ほんとに気が利かない人たちですね。今日は伊代太と太宰薫さんが主役です。なのに、死んだ太一郎のことしか話さないんですから。

太田くんも田中くんも、太宰さんに面識はないようです。彼女もふたりの祝辞に興味はないらしく、一心に食べています。

それにしても太一郎がそんなに立派な社会人になっていたとは。

誇らしいと同時に意外です。だって、あの子、兄弟の中で一番成績が悪かったんです。

　人一倍まじめなんですよ。宿題もきちんとやります。でも飲み込みが悪いんです。たとえば算数。計算はできるんです。応用問題になると、長文が読解できない。何を問われているのか、じっくりと考えているうちに時間が来てしまうので、平均点に届かないのです。

　純二のほうが成績が良く、京三郎はさらに優秀で、四郎と伊代太は成績うんぬんの前にわたしが逝ったものだから、わかりませんけれども。雅子ちゃんの話がほんとうならば、伊代太は模試でトップだったようです。

　四郎については誰も触れないので、今どうなっているのかわかりません。昆虫好きで活発な男の子でした。あまり心配はしてないんです。四郎は自己中心主義で、マイペースですからね。そういう子は生命力が強いものです。

　死んだ太一郎は成績がふるわなくても、自分の苦手をちゃんとわかって、真面目さでおぎなう素直さがありました。弟たちの面倒をよく見てくれたし、喧嘩の仲裁（ちゅうさい）もしてくれました。

　商品管理システムですって？

きっとよほどがんばったんです。大器晩成ってやつですね。

♥

純二の嫁・賢子は牛フィレステーキを細かく切り分け、長女の皿にのせた。八歳の歩美は、お子様用のコース料理では納得いかないようで、ふくれっ面がなおらない。食べきれないのに、大人と同じじゃないと不機嫌になる。ひっくり返って泣き出す年齢ではないが、へそを曲げると面倒なので機嫌を取っておく。

隣で夫の純二は、弟の晴れ姿に微笑み、ワインを飲んでいる。車で来たのに！　あれだけ「運転は自分に任せろ」と言ってたくせに、もうアルコールを摂取してしまった。

賢子は帰りの運転役を覚悟し、ウエイターにオレンジジュースを注文する。そばで歩美が「わたしは桃！」と叫ぶので、ピーチジュースも追加する。

「伊代太、さまになってるじゃないか」

夫はひとり上機嫌だ。

「そうね」

相槌を打ちながら、下の子は実家に預けて来て正解だったと思う。

このレストランはおいしいワインと料理が評判だ。一度は来てみたいと思っていたが、五歳の男の子に、「じっと」は望めない。

会場中を走り回り、「ここからは俺のステージだ！」や「輪切りにしてやるぜ！」を始めるに決まってる。いちいち謝りながら「仮面ライダーの決め台詞で」と説明してまわるのは、今日くらいは勘弁願いたい。

実家の両親は「通夜から一ヵ月で結婚式ってどういうこと？」と夏目家のやり方にあきれ返っている。

正直、賢子もあきれている。

そんな無茶を言い出したのは伯父の志賀直弥だ。男が考えそうなことだと思ったら、あの女が受け入れたのにはびっくりした。親も兄弟もいないと言うし、身重の体で、死んだ太一郎だけが支えだったのだろう。

イーヨくんはいつものように流され、夫の純二も「なるほどそういう手があったか」と喜んで受け入れた。妊婦への責任を分担せずに済んだという安堵があるのだろう。葬儀のあと「出産費用は夏目家が持つべきかもしれないが、養育費までとなると、たいへんだ」としきりに愚痴っていたから。

正直、賢子も同じ気持ちだ。イーヨくんに任せれば、こちらに負担が及ぶことはないだろう。だって彼は人にものを頼んだことがない。何を考えているかわからないところがあるが、彼ががんばり屋であることは、間違いない。

自分もかつてはがんばっていた。伊代太と違って積極的で、口八丁手八丁(くちはっちょうてはっちょう)。仕切り屋とか姉御(あねご)などと呼ばれていた。

純二と出会ったのは、高校教師が有志で集まる勉強会だった。当時賢子は数学教師で、純二は別の高校の国語教師だった。

公立の教師は、受験指導がたいへんだ。私立ほどしっかりとした受験対策システムがない。組織が積極的ではないから、教師個人の意気込みに任せられている。日々の教材研究と生徒の管理、親との対応だけでも時間が足らないのに、毎年変動する受験情報の収集や分析にまで手が回らない。

そこで、やる気のある教員が学校の枠を越えて、勉強会を開いていた。予備校関係者を講師に招いて、月一回。講義のあとは意見交換をする。

純二はとびぬけて弁舌さわやかだった。さわやかで、すかすかだった。偏差値の高い高校で、お行儀の良い生徒ばかりを相手にしているから、考えが甘いのだ。

賢子の任務は「生徒を教室内に押し込め、椅子に座らせる」から始まる。

口を閉じなさい、授業中にコーラを飲んではいけません、マニキュアを塗るなら放課後にして、万引きは犯罪ですよ。

そういった現状を知らずに、しれっと理想を語る純二を賢子はしらけた気持ちで見ていた。自分より偏差値の低い大学を出たくせに、自分より楽をしている。ただ、運がいい良いというだけで。

ある日、勉強会のあとの飲み会で、狙って隣の席に座った。からかって、鼻をへしおるつもりだった。

「うちの生徒、妊娠四ヵ月なんだけど、受験したいって言うのよ」

えっと驚くかと思ったが、返ってきたのは意外な言葉だった。

「おめでとう。予定日はいつですか？」

「予定日？　えーとたしか、センター試験の頃だったかな」

すると純二はこともなげに言った。

「普通に入試の手続きをしてあげればいいんじゃないですか？」

「大きいお腹で受験させるわけ？」

「陣痛が来たらあきらめるでしょうし」

「そんな」

「健康だったら、前日まで普通に暮らせます。産んだ後はたいへんですけどね」

「男のくせにずいぶん出産に詳しいのね」と皮肉ると、「うちの母は五人産みましたから。おかあさんのプロなんです」と言った。

「大きなお腹で洗濯やったり料理したり、走り回っていた姿が目に焼き付いています」

純二は懐かしそうな顔で焼き鳥をほおばった。

「なるほど夏目先生はマザコンなんだ」

道理で考えが甘いよ、と言おうとしたら、純二は驚いたように「マザコン？　わたしが？」と言った。

「マザコン……わたしがねえ」

純二は感慨深げだ。

「今もお弁当とか作ってもらってるんでしょ？」と聞くと、「母はわたしが中学生のときに死んだので」と言うではないか。

「ごめんなさい、無神経なこと言っちゃって」

「いや、なんかね、うれしかったですよ、マザコンって、愛されてる子どもって感じじゃないですか。あこがれるなあ、過保護とか、過干渉とか」

あら、かわいそうに。苦労知らずに見えたけど、ぼんぼんじゃないんだ。

賢子はこのギャップに、すとんと恋に落ちた。

もともと顔がタイプだったこともあって、純二をもっと知りたくなり、つき合ううちに、母親が死んだあとすぐに父親が家を出て、夏目家五人兄弟は実質、軽いみなしごだとわかった。軽いというのは、伯父夫婦が面倒をみているからだ。そして肝心の長男は、大学に行かずに、働いていると言う。

「生活のためもあるけど、兄貴は勉強より労働が好きなんだよ」と純二は言った。

賢子の一族は教育関係者が多く、男女とも大学へ行く。それが普通だと思っていた。今、自分が教えている生徒たちは半分が就職組だ。自分こそ偏(かたよ)った環境で育った甘ちゃんで、それが生徒に伝わり、うまく指導できないのかもしれないと反省した。

異なる成育環境は恋愛には有効に働く。

賢子は純二に逆プロポーズした。

結婚を決めた時、賢子は両親に「彼のおとうさんは大学教授」とだけ伝えた。権威に弱い両親はすぐに結婚を許した。純二は両親への挨拶も弁舌さわやかにこなしてくれた。

賢子も結婚前に夏目家に挨拶に行った。伯父夫婦はおだやかだったし、長男も人が良さそうで、三男は医大生、そこまでは問題なかった。

四男は「青い蝶を追いかけて」海外へ行ったまま。

そして五男は、高校を中退して家にいるというのだ。

「ニートくん？」と聞いたら「イーヨくんだよ」と純二は訂正した。

気になる伊代太だが、会ってみればおだやかだし、長男が生涯面倒を見ると請け合ってくれた。正直、純二に夢中だった賢子にとって、一族のことなど、どうでもよかったのだ。

結婚してすぐに妊娠した。

ぎりぎりまで働き、子どもが生まれて産休に入り、いよいよ職場復帰というときに、賢子は心が揺れた。

夫は死んだおかあさんと同じように、家にいる妻を望んでいるのではないか。

表向き「好きにしていい」と言ってくれているが、実際に共働きになれば、夫にも負担はかかる。互いに仕事を抑制しつつ、バタバタと子育てに奮闘することになる。

それに、子どもが子どもである時期は、二度とない。せめて小学校に上がるまでは、子どもと一緒に過ごしてみようか。

たいした覚悟があったわけではなく、今思えば出来心だ。実家の両親は反対したけれど、思い切って教員をやめ、専業主婦になってみた。

するると、見えてきたものがある。

鍋の汚れ、窓のほこり、風呂場のカビ、襖の立て付け、近所付き合いのあれこれ。子どもがこぼしたジュースの染み、カーテンに付いたチョコレート。夫の眉の下のほくろや、その一族の存在。

共働きの時は気付かなかったささいなことが目に付くようになり、それにいちいち目くじらを立てている自分がいた。

子どもは計画を踏み倒して吠えるゴジラのようなものだ。

仕切り屋の賢子には堪え難い敗北の日々が続いた。

「専業主婦は、虫眼鏡でものを見ます」

ワイドショーではカリスマ主婦とやらが、あたかもそれを美点のように語っていた。賢子は虫眼鏡は幸せと対極にあると思う。

どんどん疲弊(ひへい)してゆき、ある日ぷつっと無精(ぶしょう)になった。

見えないふり、聞こえないふり、感じないふりをしてやり過ごす。

賢子は教員時代、教育にそれなりの信念があった。なのに、わが子の教育はいいかげんだ。泣かないでくれるなら深夜に飴(あめ)をしゃぶらせることも厭(いと)わない。

これならば職場復帰して、保育園に預けていたほうが、よほど良い子に育ったんじゃないかと思う。けれどもう、「面倒くさい」が先行して、働く気もおこらない。

母親に似て長女の歩美も無精に育ち、大人を利用するのがうまい。特に伊代太のことは、家来と思っているふしがある。

家来が結婚する。歩美の不機嫌はコース料理のせいではなく、家来がいなくなることに起因しているのではないかと賢子は思う。

夫の純二は新郎新婦にジュースを注ぎに行った。

伊代太は酒が飲めない。新婦も妊婦だから酒は駄目。

純二は赤い顔で伊代太の肩を叩いている。ライトの中できらきら輝く純二の白い歯を見ながら、賢子は考える。

夫は姿勢が良く、父親似の整った顔をしている。仕事でトラブルもなく、人気教師らしい。夫に届く生徒からの年賀状の文面でそれとわかる。バスケットボール部の顧問もこなし、去年は都でベスト4にまで導いた。担当クラスの半数が希望大学に合格し、残りの半数も第三希望までに入ることができた。

優秀な教師であることに間違いはない。

だが、賢子は知っている。

教師の時間は、事務処理に多くを割かれる。名簿作成、課題作成、採点、データ入力、予定表作成、配付物作成、報告書。作業に追われ、教育に専念できないのが現状なのだ。

純二は家に仕事を持ち帰らない。ソツのなさがミラクルすぎて、元同業者として不審に思い、半年前、賢子は夫の鞄(かばん)にあったノートパソコンを覗いて、知ってしまった。

純二は事務作業を外注している。

なんと、弟の伊代太にやらせているのだ。

知った時は浮気現場に遭遇したかのような、衝撃を受けた。

純二と伊代太のメールのやりとり、添付書類をすべて確認した賢子は、伊代太の仕事の速さ、正確さに驚くと共に、分量に舌を巻いた。

志賀の伯父さんは「あいつはパソコンで遊んでる」と思い込んでいるが、これは立派な労働である。

純二は金を払っているのだろうか。払ってないとしたら、あまりにも身勝手だし、払っているとしたら、これまた問題である。

教師が生徒の成績等個人データを外部に流していること、学校に秘密でアルバイトを雇うなど、言語道断である。公立の教師は公務員だ。滅多なことでは処分されないし、罪は隠蔽される。しかし立場が悪くなるのは確かだ。

賢子は不思議に思った。

なぜ妻に頼まずに伊代太に頼むのだろうか。

育児に追われる妻に負担をかけたくないのか？　いや、それはない。そんな思いやりがあれば、ここのワインだって妻に飲ませ、自分はがまんするはずだ。

自分がいかに優れているか、志賀の伯父さんや妻に認めてもらおうとしているのではないか。京三郎が医師国家試験に受かった時、志賀の伯父さんは大いに誉めた。その横で純二はにこにこ笑っていたけど、家では何日か不機嫌だった。

母を早々になくした男の子は、目に見える成果で誰かに認めてもらいたいという願望が強いのかもしれない。母性って、その子の存在そのものを許し、包み込むものだから。

自分にそれがあるかというと、自信がない。

だって、女がすべて母性を持っているわけではない。

いずれにしても。

夏目家の厄介者の伊代太は、純二にとってはなくてはならない存在であり、秘密兵器なのだ。純二の教師としての成功は、伊代太に支えられていると言ってもいい。

この夫の秘密を賢子は誰にも言ってない。夫も妻が知っていることに気付いてない。今後も見て見ぬふりを通すつもりだ。

理由は面倒だからだ。純二があわてて弁解する姿を見るのも、そんな男と結婚して、仕事までやめてしまった自分を認めるのも、面倒くさい。

「ママ、イーヨくんてさ、どっか行くの？」

歩美が口に食べ物を含んだまましゃべった。

「消えやしないわよ」と賢子は吐き捨てるように言った。

歩美がえっという顔でこちらを見る。大人が不用意に発する言葉を子どもは聞き流してくれない。

「どこにも行かないわよ。イーヨくんは」と賢子は優しく言い直す。

「新婚旅行は？」

「しないみたいよ」

「おくさん、でき、ちゃ、った、子だから？」

賢子はぎょっとした。「何を言ってるの？」

「ともだちが言ってた。おなかが大きいおくさんって、でき、ちゃ、った、子って言うんだって」

「できちゃった婚でしょ？」

「できちゃったこん？」

「そうそう」

「ママたちは？　できちゃったこん？」

「できてない、できてない」

「できないこん？」

「ふつうの結婚よ」

「ふつうって何？」

「ふつうはふつう」

「イーヨくんはふつうじゃないの？」

「イーヨくんはイーヨくんよ」

「ずっとイーヨくん？」

「そうよ」

「何教えてるんだよ」

純二が険（けわ）しい顔で注意する。いつのまにか席に戻っていた。

「できたとかできないとか大声でやめろよ」

「わたしが教えたんじゃないわ」

「女の子の会話じゃないだろ」

　歩美が「トイレ」と言った。

　賢子はナプキンを置き、立ち上がる。歩美はどんどん先を歩く。会場から出ると、音楽が途絶え、現実が迫って来るような気がした。

　広々とした化粧室だ。

　個室に入った娘を待ちながら、賢子は鏡の前でルージュを塗り直す。これ、何年前に買ったんだっけ。ベージュのルージュは塗っても塗っても顔色がくすんで見える。わたしはいつからこんなに疲れたおばさんになっちゃったんだろう？

　賢子は個室の閉まったドアを見る。

　最近いつもそう。夫婦の会話がぴりぴりすると歩美は「トイレ」とか「頭痛い」と言って割り込んでくる。大人が思うより、子どもは敏感だ。

　このままではだめだと思う。

　ひょっとしたら。

　今日の結婚式で、事態が変わるかもしれない。

純二は内心それを恐れているだろうし、賢子はその変化を心のどこかで期待している。純二も自分も、一生面倒なことに目をつぶったままではいられないからだ。

歩美は個室から出てくると、洗面台の前で指先を流水にさっとくぐらせ、スカートで手をふいた。

「ちゃんと石鹸で洗いなさい」

自分でもはっとするくらい、きつい声が出た。

歩美はびくっとして母を見上げた。泣くかと思ったが、意外にもおとなしく手を洗い始めた。ハンカチを渡すと、歩美は「失恋した」と言った。仏頂面だ。

「二組の川奈くん?」

「違う」

「スイミングスクールの西野くん?」

「違うってば」

「あとは、えーっと」

「歩美ね、イーヨくんと婚約してたんだ」

「え?」

歩美はだいじな秘密を打ち明けるように、あたりを見回し、誰もいないのを確認すると、声をひそめて言った。

「冬休みの工作を手伝ってくれたら、将来結婚してあげるって言ったの」

「イーヨくんはなんて？」

「ありがとうって」

賢子は吹き出しそうになるのをこらえ、眉根をよせてみた。

婚約破棄された八歳の乙女の悩みは深刻だ。

「夏休みの絵日記のときも、大人になったら結婚してあげるって言ったの」

「そしたらありがとうって？」

歩美はうなずいた。

「婚約を何回したの？」

「四回」

歩美は口をへの字に結んだ。

賢子は歩美のつややかな髪を整えながら、心のもやが晴れてゆくのを感じた。

ひょっとしたら。

この子にとって、伊代太は家来じゃなくて、ナイトだったんじゃないか。純二にとっても伊代太は便利な弟ではなくて、頼りになる弟なのかもしれない。伊代太もそれをわかっていて、受け止めているのかもしれない。家族なのだから、そういう関係もあるのかもしれない。

オセロのように、パタパタパタと黒が白になってゆく。

「婚約者に断りもなく結婚するなんて、悪い奴だね、イーヨくんは」

賢子はバッグからルージュを出し、歩美の小さな唇に塗った。血色の良い子どもの顔にベージュは似合わない。それでも初めてのお化粧がうれしいらしく、歩美の目は輝いた。

「これからはパパに手伝ってもらったら？」

「パパね、下手でもいいから自分でやりなさいって」

「やっぱりパパは偉いね」

賢子が心からそう言うと、歩美の目はさらに輝いた。

歩美と手をつなぎ、会場へ向かった。母親業ってそう悪くないと思えてきた。

❤

ユウナは、小指の爪のゴールドの塗りムラが気になる。

帰りにネイルサロンに寄り、塗り直してもらおうと思う。野菜は苦手なので、肉ばかり食べる。このレストランの牛フィレ肉はまあまあの味だ。

隣で京三郎は胃薬を口にふくみ、ワインで流し込んでいる。医者なのに。医者だから、なのかな。

京三郎とは一年前、漫画喫茶で知り合った。

同じ作家の漫画を競い合うように読んでいて、気付いた時にはめっちゃもりあがって、今はカップルブースで読み合う仲である。手も握らないし、漫画喫茶以外で会うこともない。ただ、同じ作家を好きという点で、ほかの誰よりも通じ合っていると思う。

「恋人以上、妻以上だよね」

そう言ったら、京三郎は笑った。

ユウナはふだん人に笑われることが多く、いつも悲しい気持ちになる。でも、京三郎に笑われると、あったかい気持ちになる。京三郎の笑いには、軽蔑(けいべつ)がない。きっと彼も自分と同じくらいおばかさんなのだろうとユウナは思った。

彼が何ものであるか、尋ねたことはない。知りたくもなかった。漫画喫茶で待ち合わせるのは、深夜とか、お昼過ぎとか、ばらばらな時間帯だ。だからサラリーマンでないとは思っていた。

つき合い始めて半年経って「家族に会って欲しい」と言われた。しかも「金を出す」と言う。京三郎はひとりで暮らしているけど、ときどき一族が顔を合わせねばならず、その時に恋人としてそばにいてくれと言うのだ。

独身なんだ。軽い驚きがあった。なんとなく、奥さんに尻を叩かれている駄目旦那のイメージがあった。家が居心地悪くて、漫画喫茶に避難している、そんなふうに見えていた。

京三郎は金額を提示した。

「時給二千円払うから」

ユウナは働いたことがない。時給という言葉がもの珍しく、引き受ける事にした。

「医者の娘という設定でいいかな」と京三郎が言うので、ユウナはどきっとした。

『医者の娘』と書かれたタグが自分の首のうしろに付いているのかしらと思ったのだ。

パパは外科医、ママは皮膚科医、お姉ちゃんはアメリカの医大で研修中。そして自分はタダノヒトである。京三郎はユウナの家族について何も知らないはずだ。タダノヒトということはわかっているみたい。

「いいけど、わたし、頭良くないよ」と言ったら、京三郎は「いつものユウナでいいよ」と笑った。ふにゃっとした笑顔。ユウナはその笑顔が漫画より好きかもしれない。ユウナにとって「漫画より」は一等賞に値する誉め言葉だ。

最初に一族に紹介されたのはこの春、おかあさんの命日だった。

このとき初めて京三郎が医者だと知った。総合病院の整形外科で勤務医をしているらしい。がっかりした。京三郎は自分と同じおばかさんではないのだ。

お墓参りをして、そのあと和食の店で食事をした。ふだんユウナが家族と行く料亭と違って、ざわざわしていて、かえって落ち着いた。

おとうさんは存在感が薄くて、すべてを志賀の伯父さんが仕切っていた。

夏目家の長男は気弱そうなひとで、「婚約者がいるけど、今日は来れない」と言っていた。次男は教員で、やけに自信たっぷりな態度で、その奥さんは抜け目がなさそうで、子ども達はかわいげがない。上の女の子は「海老はやだ」とか「ネギが臭い」と好き嫌いが多いし、下の男の子は「輪切りにしてやるぜ！」と叫び続けていた。

四男はその場にいなくて、いないことを誰も気にかけてないようで、五男はただぼうっと、置物みたいにそこにいた。彼のことをみんな「イーヨくん」と呼ぶけど、ユウナは心の中で「オキモノクン」と呼んでいる。

二十一回忌ということで、黒は着なくていいと聞いたから、精一杯おしゃれをして行ったのに、みな黒とかグレーとかのシックな服で、ユウナはだましうちに遭ったような気がした。

京三郎はひとり、すごくきれいな空色のシャツを着ていた。そしてユウナに「きれいだよ」と言ってくれた。その時は五時間で一万円もらった。

二回目のバイトは長男の通夜で、ちゃんと黒い服を着て行った。いつもはピンク系の爪をクールに水色にした。京三郎があのとき着ていたシャツと同じ色だ。気を使ったつもりだったのに、爪を見て、志賀の伯父さんはあからさまに嫌な顔をした。

しかしそのあと伯父さんの不機嫌は、太一郎の婚約者の登場で、一気にそちらへ向かった。そのひとは、お腹の大きなやぼったいおばさんだ。髪は伸びっ放し、爪は切りっ放し。おばさんなのに赤ちゃんみたいだとユウナは思う。

だって、大人になるって、作り込むことでしょ？

ユウナはタダノヒトだけど、髪も顔も爪もちゃんと作り込んでいる。作り込んでないと、自分が誰だかわからない。

あの通夜の日、ただいるだけっていうのもなんだから、最後に気の利いたことを言おうとして、結婚式場のキャンセル料の話をした。

すると志賀の伯父さんはまたもや嫌な顔をした。

何がいけないのかしら。ユウナにはわからない。

医者一家の中で育ったユウナにとって、人の死は日常である。パパもママも朝ご飯を食べながら、「術後半年保ったから、あの術式は成功だった」などと話している。通夜だからってあれを話してはいけない、これはいいなどと、変だと思う。

それに、お金を気にする行為って、立派に思える。

ユウナは生まれてから一度もお金の出入りを気にしたことがない。お金はいつもあるもの、永遠にあるものとしか思えない。残りのお金を気にしたり、いちいちおつりを数える人を見ると、なにかこう、まぶしい。生命力みたいなものを感じ、劣等感を持つ。

だからあのとき、あえてお金の話をしてみた。ユウナは京三郎の彼女として、立派にふるまったつもりだったのだ。

結局、今日は結婚式をやっているのだし、やはり自分の発言で、みんなキャンセル料のことに気付き、もったいないから決行することにしたのだと思う。

ほうらごらんと言ってやりたい。

誰にって、志賀の伯父さんにだ。いばりんぼうで、大嫌い。

そう言えば志賀の伯父さんって、仕事はなんなのかな？　会社員？　八百屋さん？

父親でもないのに、甥たちの面倒を見るなんて、ひまじんに違いない。

隣で京三郎はうとうとしている。夜勤明けなので顔が腫れぼったい。死んだクラゲみたいにぶよぶよだ。

医者だと知ってから、なぜ漫画喫茶に来るのか聞いてみた。すると「疲れ過ぎると眠れないんだ」と言う。

ユウナは漫画を何時間読んでも肩が凝らないし、毎晩ぐっすり眠れる。疲れ過ぎるというのを一度経験してみたいものだと思ったりする。

もうそろそろデザートの時間だ。このレストランは料理はまあまあだけど、デザートには期待できないことをユウナは知っている。

「伊代太くんてさあ、これから先、どうやって食べて行くの？」

京三郎からは「さあねえ」と気のない返事が返って来た。オキモノクンにまったく興味がないようだ。

ユウナはさびしくなる。ユウナのパパもママもお姉ちゃんも、優秀なひとはみな自分のことで精一杯で、ユウナがどうやって生きていけばいいのかなんて、気にもかけない。ユウナもうちではオキモノサンだ。

「伊代太くんて、かわいそうだねえ」

「え？　なんで？」

京三郎は驚いたように、ユウナを見た。急に目が覚めたようだ。

「だって伊代太くん、なにものでもないじゃない。奥さんをもらっても、仕事がないんじゃね」

「なにものでもない」

京三郎はその言葉を流し込むようにワインを飲んだ。

「いいじゃないか。なにものでもないって」

「え？」

「なにものかになるって、ほかの選択肢を捨てるってことじゃない？」

その言葉の意味がユウナには理解できない。

「いいな、なにものでもないって」

京三郎は繰り返しそう言うと、テーブルに突っ伏して本格的に寝てしまった。

波子おばさんが「あらまあ」と顔をしかめる。

なぜ京三郎が自分といたがるのか、少しだけわかったような気がした。

なにものでもないって、選択肢がたくさんあるように見えるんだ。

選択肢はあるよ。無限にある。でもそれって、何にもないのと同じなんだけどな。

そんなことがわからないなんて、やっぱり京三郎はおばかさんだ。

ラメ入りのピンク色のストールを、京三郎の肩にかけてあげた。

❤

伯母の波子はデザートを見ながら、ためいきをつく。

白い皿にハート形の木いちごのババロア。それを囲むように赤と緑のあざやかなソースで「Congratulations!!」と描かれている。

ひな壇の新郎新婦を見る。

黒ずくめのふたりは、祝福からかけはなれた風情だ。

花嫁の衣装が気になる。何か用意してあげればよかった。本人は意に介さず、前菜からデザートまで、すべてをがつがつと摂取している。

波子は先日観たテレビ番組を思い出す。海外のドキュメンタリー映像で、飢えた野犬がレストランの裏口で残飯をむさぼっていた。犬はあばら骨が浮き出ていて、あまりにもかわいそうで、見ていて涙がこぼれた。

黒い花嫁の隣で、花婿はお行儀良く食べている。花の二十七歳、結婚という一大事を「伯父さんが決めた」という理由で受け入れた。

これで良かったのだろうか。

わたしたちはなにかとんでもない間違いを犯したのではないだろうか？

夫の志賀直弥は、「煙草吸って来る」と言って、席を立った。おそらく夫も今、自分と同じ気持ちでいるのだろう。

この結婚は夫と波子ふたりで決めた。心のどこかで、伊代太が拒否するのを待ち続けていた。そしてとうとうこの日を迎えてしまった。

伊代太が「いやだ」という日は、一生こないのだろうか。

「Congratulations!!」が室温でにじみ出す。

夫とは、勤め先の銀行の支店で出会った。

波子は窓口業務三年目で、仕事にも慣れ、遊ぶゆとりもでき、毎日が楽しかった。親にしつこく勧められ、二回お見合いしたが、十年先が見えてしまうような結婚に、興味が持てなかった。自由になるお金で銀座で服を買い、映画を見る生活を手放せるわけがない。

志賀直弥は新卒入行で、研修生として波子のいる支店にやってきた。有名私立大学出身で、いずれは中央へ行く人間だといううわさだった。

エリートは普通もてる。しかし志賀は無骨な風貌だし、女性と目を合わせることもしないので、女子行員の話題に上ることはなかった。

頭は良いのだろうが、手先は不器用で、お札を数えるのが下手だった。銀行員の基本だと上司から笑われ、店舗の奥の会議室で、お札を相手に格闘していた。

「コツがいるのよ」

波子はこっそり教えてあげた。

その後、お礼にとお茶に誘われ、二度目のデートでプロポーズされた。

大学出立ての二十二歳の男が、研修先で、年上の女に結婚を申し込む。まだ手も握っていないのに。

見た目からは想像できない積極さに、波子の胸はときめいた。まるで映画のヒロインにでもなった気分だ。

「なぜわたしと結婚したいの?」と聞いたら、「手がきれいだから」と言った。「お札を数えるとき、手ばかり見ていた」と言うのだ。

手は、毎晩クリームをたっぷりと塗り、パイル地のミトンをはめて寝ていた。常に自分の視野に入る手こそ、美しくありたいと考えていたからだ。密かに自慢に思っていた手を人に誉められたのは初めてだった。

波子は三度目の見合いが順調に進んでいるところだった。「このあたりで決めようかな」と思える好条件の相手だった。

見合いの相手に同じ質問をしてみた。すると「美しく、聡明な女性だから」と言った。

最後に波子は自分に聞いてみた。

「Aとなぜ結婚するの？」

「包容力があるし、経済的に安定しているし、長男じゃないから」

「Bとなぜ結婚するの？」

「わからない」

波子は理由がわからない相手を選ぶことにした。それが志賀直弥である。

志賀には妹がいた。小春と言う。高校を卒業してすぐに結婚したらしく、すでに二児の母。色白で一重の目が涼やかな、やわらかい笑顔の女性だった。

「まあ、兄さん、おきれいなひとね。キャサリン・ヘプバーンみたい」

こちらをまっすぐに見て話す。目は子どものようにあどけないのに、小春が子どもを抱く姿は、聖母マリアのように神々（こうごう）しかった。

夫はふたりきりになると、こう言った。

いか。

波子はあきれた。小さい子がふたりもいるのだ。手荒れはおかあさんの勲章ではな

「手ががさがさだろう?」

結婚後も波子は勤めを続けながら、自分がおかあさんになる日を待った。

義妹の小春は次々と子どもを産み、五人のおかあさんになったが、波子にはなかなかその日は訪れなかった。

そのうち波子は窓口業務から内勤に移された。女性行員はみな年下になっていた。

夫は「子どもなんて、なければないでいい」と言うが、波子はあきらめきれず、意を決して婦人科へ行った。

できにくい体質だと、はっきり言われた。もっと早く来るべきでしたね、でもまだ不可能ではありませんので気を落とさずに、治療法はいくつかありますがどうしますかと言われ、保留にして帰宅した。予想の範囲内の結果だったし、涙も出なかった。その代わりに、空が大雨を降らしていた。

その夜のことだ。

夫は青い顔をして帰宅し、「小春が死んだ」と言った。

波子はあまりのことに、すぐには信じられず、自分も確認しに行くと言ったが「見

ないほうがいい」と止められた。

夫は一晩中、リビングでウイスキーを飲んでいた。波子は夫のそばにいて、りんごをむいたり、チーズを出したりしたが、夫は口をつけようとしなかった。

波子がソファでうとうとし始めた頃、夫はふいに「がさがさだった」と言った。

カーテンの隙間から朝日が差し込んでいた。床には夫が放ったネクタイが『し』の字に落ちており、波子はそれを見つめながら尋ねた。

「がさがさ？」

「あいつ、かかとががさがさだった」

夫はそのあとソファで死んだように眠った。眉間にしわを寄せて眠る夫の顔を見ながら、波子はネクタイを拾い、銀行に辞表を出す決心をした。

夏目家は父子家庭になってしまった。父親の銀之介は教師だから、昼間は家にいない。子育てを手伝わねばと思ったのだ。

葬儀を終えて夏目家の近所に家を探し、引っ越しを済ませた。しばらくすると、銀之介がいきなり志賀家にやってきて「子ども達をお願いします」と頭をさげて、旅に出てしまった。予想もできない展開だった。

夫はかんかんに怒ったが、波子は銀之介を責める気になれなかった。教職も放棄してしまったのだ。どれほど妻を愛していたか、痛いほど伝わってくる。もし事故に巻き込まれたのが、小春ではなく自分だったら。夫は淡々と銀行勤めを続けるだろう。小春は愛されていたのだ。パートナーの人生が壊れてしまうほどに。女としてうらやましかった。

こうして五人の子どもは母に死なれ、父に捨てられた。手伝うどころか、波子は育児が本業となった。太一郎と純二は中学生、京三郎と四郎は小学生、伊代太はまだ一年生。洗濯物だけで半日かかる。波子は「毎日が富士登山のよう」と感じながら、夜は倒れるように眠った。ミトンをはめる余裕はなくなった。

夫は子どもたちとうまくやっていた。分け隔てなく接していたし、多感な年頃の長男・太一郎を何かと誉めたたえ、励ましていた。しかし内心では、一番小さい伊代太を一番かわいく思っていたのは間違いなく、それは波子も同じであった。

伊代太は無口で、いつもぼんやりとしていた。感情の起伏が見えず、母の死も理解してないようだった。

小春が死んだのは伊代太の七歳の誕生日。波子がそれに気付いたのは、富士登山を始めて半月も経ってからだった。今後ずっと誕生日は母親の命日なのだ。そう思うと、伊代太が気の毒になった。

ある日、伊代太のために、ケーキを焼いてみた。

波子は料理があまり得意ではなく、特に菓子作りは苦手で、だから慎重に作った。

小春が書き残したレシピ通りに正確に作ったスポンジケーキは、ふわふわで黄金色で、甘い香りがした。それを横に切って、断面にシロップを染み込ませ、泡立てた生クリームをたっぷりと塗る。そこへ苺のスライスを載せて、スポンジで挟む。さらに上にはたっぷりの生クリームをしぼり、まるごとの苺をところせましと載せた。

みごとな苺のショートケーキが出来上がった。

歓声を上げたのは四郎で、ぱっと手を出し、苺をつまんで口に含んだ。

注意する間もなく、次々と手を出す。「やめろ」と叫んだのは太一郎で、純二が四郎をこづき、京三郎ははずみで落ちた苺を食べ、四郎は外へ逃げて行った。

ケーキの上の苺は半分以上、なくなっていた。

波子は途方に暮れた。

こういうとき、小春だったら、どのようにおさめるのだろう？

とっさに注意できなかった自分は、やはり母親ではないのだなと寂しく感じた。

切り分けたケーキはいつの間にか一ピースだけになっていた。太一郎も純二も京三郎も外へ出て行き、伊代太だけがちょこんと座っていた。

波子はふいに思いついた。

「ゲームをしない？」

伊代太はまっすぐな目でこちらを見上げる。死んだ小春にそっくりな目だ。

波子はささやいた。

「ふたりだけの時、伯母さんのことをママって呼ぶゲーム」

「へえ」

「ひみつのゲームだから、ほかの人にはないしょ」

伊代太はうなずいた。

「ほら、言ってみて」

「ママ」

「なあに？　伊代太くん」

「残ったケーキ、食べないの？」

「ママは要らない。伊代太くんにあげる」

「じゃあ、おかあさんにあげてもいい？」

波子は顔がこわばった。

「ねえママ、おかあさんにあげていい？」

伊代太のまっすぐな目に見つめられ、波子はあわてて笑顔を作った。

「そうね。おかあさんにあげようね」

波子は残ったケーキを小春の遺影に供えた。そして「はい、ゲームはおしまい」と手を打った。

波子はそれらのことを思い出しながら、木いちごのババロアをスプーンですくい、口に含んだ。味がくどい。このレストラン、料理は良かったが、デザートはいまいちだ。

伊代太を見る。ババロアを淡々と食べている。

そういえば好き嫌いのない子だった。何を作っても綺麗（きれい）に食べるので、逆にこちらはがんばり甲斐がないくらいであった。

成績は五人の中で一番優秀だった。球技や短距離走など、人と争うスポーツは苦手だが、マラソン大会では優勝した。スタートはもたもたしているのに、マイペースで走り続け、みなが勝手に脱落してゆく中、いつのまにかひとりで走っている。二位と五分以上の差をつけて余裕のゴールだ。

五人兄弟の中で一番手がかからず、素直な子、と言いたいところだが、実はひやりとさせられることがしょっちゅうだった。

遠足で倒れ、病院に運ばれたことがある。

医者は空腹による低血糖発作だと言った。波子は不思議に思った。朝、おにぎりと から揚げと卵焼きを詰めた豪華な弁当を持たせたのだ。弁当箱は空になっていた。どうやら友人達に「ちょっとくれ」と言われ、「いいよ」とあげているうち、自分の分がなくなってしまったらしい。

修学旅行先の京都で行方不明になったこともある。

友人に「ちょっとここで待ってて」と言われて、新京極(しんきょうごく)の土産物屋の前で待ち続け、待たせた友人はそのことを忘れて宿に戻り、夕食時に「夏目がいない」と騒ぎになったらしい。友人の土産物を持たされたまま、店先に四時間も立っていたと言う。

周囲から「イーヨくん」と呼ばれ、良いように使われてしまい、あぶなげなところがあった。しかし、伊代太には人の要求をこなす能力があった。

夫が選んだ一流高校にもなんなく入学し、波子は鼻が高かった。

ところが、一年の秋に問題を起こして退学となった。

早朝、校内の窓ガラスを四枚叩き割るという、考えられない行動だった。しかし目撃者がおり、実際、伊代太は手を十針縫う怪我を負った。

夫も波子も心底驚いた。

そんな暴力的な一面があるとはとても思えない。

「なぜ？」波子は泣いた。

それでも夫は伊代太を見捨てなかった。

「思春期の男の子だから」

夫は冷静だった。「こういう時は頭ごなしに怒ってはいけない」と、男二人で釣りに行ったり、登山をしたりして、静かな日々を過ごしていた。

妹の死後、夫は波子の育児を手伝うために仕事をセーブし、すでに銀行の出世コースからはずれていた。誰も行きたがらない部署を自ら志願し、定時に帰宅した。そのことに本人は不平を言ったことはない。

これだけ心血注いだ育児に見返りを求めたとしても、しかたのないことだと波子は思う。見返りというのは、たとえば子どもの受験や就職が成功する。そのような目に見える成果だ。

伊代太はその後、暴力的一面は見せなかったが、夫は伊代太を予備校に通わせるのは心配だと言って、通信教育で勉強を続けさせた。そして早めに高卒認定試験を受けさせる気でいた。そっちは目をつぶってでも受かるに決まっている。

問題は大学受験だ。

通信教育の模試の結果は全国で常に五位以内で、有名大学も軒並みA判定で、夫のもくろみは順調に進んでいた。

「高校は凡人が行くものだ。伊代太はやめて正解だったんだ」

夫の期待は膨らんだ。どの大学に行かせるか、ひとりであちこちのキャンパスを見学してまわり、伊代太の将来を楽しみにしていた。

そんなある日、夫は庭仕事をしていてぎっくり腰になった。波子は風邪で寝ていたため、夫は伊代太に電話し、湿布を買って来るように頼んだ。

「いいよ」

いつもの答えが返って来た。そして伊代太は湿布を買って志賀家を訪れ、波子が寝ているのを知って、器用におかゆまで作って自宅へ戻って行った。

しかしその日は、高卒認定試験の日だったのだ。

あとからそれを知った夫は激怒した。

「なぜそれを言わない！」

　自分の何気ないひとことが、伊代太の大事なステップをふいにしたことに、夫は顔面蒼白になった。

　当の伊代太は事態が飲み込めてないようで、「腰治った？」などと、けろりとしている。夫はこぶしを握りしめ、今にも伊代太を殴りそうであった。

　伊代太が帰ったあと、夫は壺を床に叩き付けて割った。志賀家先祖代々大事にしている壺が木っ端微塵にくだけ散った。

　高卒認定試験の手続きをしたのは夫である。受験票を伊代太に渡したのも夫だ。しかしそれは何ヵ月も前のことで、夫はその後大学選びや受験の申し込み手続きに追われ、受かるに決まっている高卒認定試験のことはすっかり失念していた。

　伊代太はそれまで夫が申し込んだ模試をすべて間違いなく受けて来た。一度言えば忘れずに課題をこなす。もしあの日湿布を頼まなかったら、認定試験を受けていたに違いない。

　こんどは波子がなぐさめる番だった。

「年に二回あるじゃない」

「次に受ければいいのよ」

「いいじゃない、一年くらい遅れても」

しかし夫は頭を横に振り続け、「ばかやろう」をくり返していた。

高校退学の時に飲み込んだものが、今頃になって逆流したのだろう。

それからだ。夫が伊代太を避けるようになったのは。

「将来は好きにしなさい」と言い、大学案内を伊代太に渡した。

伊代太は素直に「わかりました」と答え、部屋にこもりがちになった。大学進学には興味がないようで、太一郎が与えたお古のパソコンにばかり向かうようになった。

伊代太は高校を中退してはや十年。高卒認定試験も受けないままだ。ひきこもりではない。普通に買い物にも出るし、あいかわらず「いいよ」を連発している。暴力的な言動は、いっさいない。

波子はレストランのウエイターに珈琲のおかわりを頼みながら、伊代太を見る。

二十七歳。できちゃった婚。

でも、お嫁さんのお腹の子は兄さんの子。

夏目家の五男は、やっかいものなのか、便利屋なのか、波子にはわからない。

今、波子は願っている。

この結婚で、伊代太に意志が生まれることを。

# 第三章　奇妙な嫁

結婚式を終え、新婚夫婦が夏目家へ帰ってきました。

わたしが生きてたら「おかえりなさい」と笑顔でふたりを迎えます。あたたかいお茶をいれて、「お風呂わいてるわよ、入る?」と聞くところですが、わたしは仏だし、手も足も出ません。お風呂もわかせません。

ふたりは暗い家に灯りをつけ、ただいまも言わずにそれぞれの部屋へ行きました。伊代太は北の四畳半へ。太宰さんは太一郎の部屋です。南の八畳間です。日当り抜群だし、庭も見渡せます。この家で一番良い部屋なんですよ。そこに太宰さんは居座っているというわけです。

そろそろ太宰さんという呼び方はやめましょうか。仮にも息子の嫁です。今日から薫さんと呼びましょう。

わたしは姑(しゅうとめ)ですので、息子の嫁に対していろいろと思うところはあります。

純二の嫁の賢子さんは、名前の通り賢いし、見た目もしゃきっとして、かなりいいセンいってます。

ええ、わかっています。それでも子どもの教育には不安を感じています。

さんには期待してしまうんです。自分だって立派な母ではなかったんです。でもつい、お嫁さんには期待してしまうんです。小さなほころびが気になってしまう。これって姑根性というやつですね。わたしが生きてたら、嫁姑戦争を始めていたかもしれません。この件につき、死んでて良かったのかもしれません。

そこで薫さんですが。

ろくに挨拶できない、早食い（消化に悪いです）、身だしなみがいまひとつ、笑顔がない。良いところを探すのが難しい。不安がつのります。

兄さん、なんてことをしてくれたのでしょう？

ああ、わたしに力があったなら！

ポルターガイストばりにガタガタ音をたてたり、窓ガラスをびりびり震わせたりしたいところですが、そんなことは現実問題、できないんですよ。心霊現象なんて、すべて生きている人の妄想です。仏にできることは、「思ったり願ったり」することだけなんです。「恨む」こともできますが、「祟る」ことはできません。良くも悪くも結果を出せるのは、生きている人間だけなんですよ。

薫さんは……ごめんなさい、好きとは言えません。

彼女を見ていると、時たま堪え難い息苦しさを感じます。これってきっと「嫌い」ということなのでしょう。

けれど、彼女のお腹には太一郎の子がいることだし、今は伊代太のお嫁さんなわけだし、ぐっとこらえて、やさしい目で見守っていきたいものです。お嫁さんを差し置いて、伊代太だけ幸せになるなんて不可能ですからね。ふたりそろって笑顔で暮らせるとよいのですが。

それにしても新婚夫婦が初夜にひとこともしゃべらないなんて。あまりにも不自然だと思いませんか。

おやすみなさいくらい言いなさいとわたしはやきもきしました。すると気持ちが通じたのか、薫さんが部屋着に着替えて居間に現れ、「おーい、伊代太くーん!」と叫びました。

おい?

だんなさまに「おい」ですか?

伊代太は部屋着に着替える途中だったようで、Tシャツに手を通しながら部屋から出て来ました。

「なんですか」

「まあ、座って、話があるの。あ、その前にお茶いれてくれるかな」

なんですって？　薫さん、いったいあなた！

あらあら伊代太ったら、おとなしくやかんに水を入れ、火にかけました。換気扇がぶーんと、わびしい空間を埋めるように鳴っています。

伊代太は茶葉を慎重に選びます。ほうじ茶にしたようです。これはしゅんしゅん煮立つお湯を注ぐのがコツですが、ああ、よかった。ちゃんとそのようにいれています。

ほかの子と違って、伊代太はわたしの家事を一日飽かずに眺めていました。わたしがしてきたことを目で覚えているのかもしれません。

伊代太は居間の四角い座卓に、あつあつのほうじ茶が入った湯のみをふたつ置きました。

薫さんは猫舌なのでしょう、慎重にふうふう息を吹きかけています。伊代太はその様子をぼんやり眺めています。どう見てもこのふたりは姉と弟。叔母と甥。夫婦には見えません。

さましたほうじ茶をひとくち飲んだあと、薫さんは言いました。

「ルールを決めておきたいの」

伊代太は神妙な顔で聞いています。

「わたしたちは夫婦としてこの家で一緒に暮らすわけだけど、わたしは妊婦だから、まずは当面、安全な出産を目指す。それがわたしの仕事なわけね。わかる？」

「はい」

「今六ヵ月なの。臨月になったら、あ、臨月ってわかる？」

「十ヵ月？」

「そう、十ヵ月になったら、生まれる」

「すると一月になりますね」

「そう。臨月より前に生まれることもあるらしいけど、それはあんまりいいことではないらしい」

「はい」

「わたし、出産は初めてなのよ。お腹に子どもがいるってわかったとき、産婦人科で超音波の画像を見せてもらったんだけど、こんなに小さかったわけ」

薫さんは親指と人差し指で一センチくらいを示しました。それを見ている伊代太はすっかり寄り目になっています。

「あれから細胞分裂がどんどん起こって、今はどれくらいかなあ」

薫さんはそっとお腹をさすりました。

「画像確認って一度しかできないんですか」

伊代太の質問に、驚くべき回答が返ってきました。

「行ってないの」

「え？」

「一度病院に行ったきりなのよ」

伊代太は心配そうな顔をしました。わたしも急に心配になりました。薫さんは平気そうですが、きっと心の奥では心配に決まっています。

「考えてみたのよ。なぜ赤ちゃんは十ヵ月お腹にいなくちゃいけないのか」

薫さんは神妙な顔で話します。

「子どもは生まれたとき初めて肺呼吸するわけだからさ、肺がじゅうぶんできあがってから生まれるべきなのよね、きっと」

「そうですね」

「肺がじゅうぶんできあがるのが、十ヵ月だと思うの」

「なるほど」

「臨月までは慎重に生活したいし、良い環境を整えたいの」

「はい」

「わたしたちは夫婦だけど、この子が無事生まれるまでは、夫婦のイトナミはできません」

「わかりました」

「掃除とか、料理とか、家事なんだけど」

「ぼくそれ全部できますよ」

「じゃあ、よろしく。それから生活費のことなんだけど」

薫さんは銀行の通帳を出してちゃぶ台の上に置きました。持参金？　いったいどれくらい持ってるのかしら。気になります。

あれ？

通帳の名義はなんと夏目太一郎です。

「これ、太一郎の部屋の押し入れの奥の引き出しに入ってたんだけど、どういうことかな」

薫さんは通帳を開いてみせます。

「お金、全然残ってないんだけど」

伊代太は通帳を覗き込み、言いました。

「七万五千三百五十七円ありますよ」

「見ればわかるわよ。それって、ないってことじゃない？」

「はあ」

「大の大人がこれしか持ってないってありえないでしょ。別の口座は？」

「太一兄さんは口座をひとつしか持ってないです」

「光熱費やら水道代は？」

「そういうのは志賀の伯父さんが払ってくれてます」

「ここ、この毎月振り込まれるお金だけど」

薫さんは数字を指差しました。

「あなたわかる？」

「はい」

「たんぽぽホールディングからと、ＳＮ企画からと、毎月入ってるわね。この収入は何？」

「たんぽぽホールディングはコンビニチェーンです」

「店長の給料ってこんなに低いの」

「契約社員から正社員になったばかりで」

「SN企画からは結構入ってくるのね。SN企画ってなに？」

「コンピュータシステムを開発する会社です」

「なぜそこからお金が入るの？」

「商品管理システムのソフト使用料です」

「なにそれ」

「たんぽぽホールディングはSN企画にシステムの業務委託をしています。ですが、そこの作ったシステムが使いにくいので、よりよいシステムをうちが独自に開発したのです」

「うちって？　たんぽぽナントカ？」

「いいえ、うちです。するとSN企画がそのシステムを使わせてほしいと言って」

薫さんはわけがわからない、という顔をしました。わたしもわけがわかりません。

伊代太は薫さんの湯呑みが空になったので、急須を傾けてお茶を注ぎます。

「今後もSN企画からは毎月その程度の金額が入ります。生活費は心配しなくて大丈夫です。生命保険はぼくの口座に入ったし、じゅうぶんやっていけますよ」

「そう……」

「太一兄さんの死が知れると銀行口座が凍結されます。その前に残金を下ろしておきましょう。ＳＮ企画の振込先の変更手続きをしますが、太宰さんの口座にしましょうか」

「え？」

「太宰さんの口座番号を教えてください」

「口座ないから」

「ない？」

「あなたの口座にしなさいよ。で、カードを自由に使わせて。妻なんだから」

「わかりました」

薫さんは通帳をぱらぱら見ながら、「太一郎、ずいぶん金遣いが荒いのね」と言いました。

「結婚の準備でいろいろと買う物があると言ってました」

すると薫さんは、なるほどと慌てたようにうなずきました。

「そういえばあれもこれも買ってもらったっけ」

思い出すように、天井を向いています。

太一郎があれこれ買ってやったわりには、薫さんの持ち物は質素です。ほとんど着の身着のままでお嫁に来たって感じです。

婚約指輪はだいじにしまってあるのでしょうか？

薫さんは立て膝をして、膝に肘をかけました。やさぐれたおじさんみたいな態度です。なさけないにもほどがあります。

「おたく、車、ある？」

「ありません」

「おなかが大きいから買い物をするのに車があると助かるのだけど」

「伯父さんの家にあります。ここから歩いて五分だし、借りられます」

「じゃあ、運転よろしく」

伊代太は困ったような顔をしました。

「ぼくは免許を持っていません」

「あら、そうなの。わたしも持ってないの。困ったな」

薫さんは耳たぶを指でさわりました。かゆいのでしょうか。さわりながら言いました。

「取ってよ、免許」

伊代太は驚いたようにまばたきをして、黙り込みました。青い顔をしています。薫さんは耳たぶをさわりながら伊代太を凝視(ぎょうし)しています。白馬を追いつめるオオヤマネコの図、でしょうか。白馬に許される答えはただひとつです。

「わかりました」

薫さんは「以上！」と話を切り上げ、足を投げ出しました。

「疲れたし、お風呂に入りたい」

わたしはもう彼女が何を言おうと、驚いたりしないつもりです。

伊代太は「用意します」と立ち上がると、いったん自分の部屋に引っ込みました。

それから戻って来ると、薫さんの前に一枚の紙を置きました。

「志賀の伯父さんが役所でもらってきてくれました」

薫さんは不審そうに紙を見ます。

あらまあ！

婚姻届です！

伊代太の署名と捺印(なついん)があり、証人欄には志賀直弥と志賀波子の名前があります。

さすが兄さん、手回しの良いことです。余計なことをしてくれます。この女……いえ薫さんですが、このまま夏目家の人間にしてしまって良いのでしょうか？

うさんくさいところがあります。もう少しお試し期間を置くべきだと思いますが、仏の意見など誰が聞いてくれましょう？

伊代太は言います。

「太宰さんの記入が済んだら、区役所に提出します。本籍地はどこですか？　提出する役所と違う場合、戸籍抄本が必要なのだそうです」

薫さんは黙って婚姻届を見つめています。

伊代太の字は優しくて美しい。女性のような筆跡です。絵日記のときはあの子に合わせて子どもらしい字を書いたのですね。

兄さんの字はごつごつして怒ったように、とんがっています。昔はもう少し優しい字を書きました。きっと兄さんには迷いがあるのです。それをふっきるように書いたのです。

波子さんの字は思いのほか丸みを帯びています。さまざまなことがあったので、人間が丸くなって、まあ、とりあえずいいんじゃないのという、投げやりゆえの丸みでしょう。

薫さんはごくんとつばを飲み込み、神妙な顔で、声がくぐもります。

「書いてわたしが提出しておく」

伊代太が何か言いかけると、薫さんは遮りました。

「戸籍抄本も取り寄せて、ちゃんとやっておくから」

伊代太はうなずくと、「お風呂ためてきます」と言って、去りました。

薫さんは婚姻届を見つめながら、唇をとがらせ、耳たぶをさわっています。考え事をするときの癖なのでしょう。

わたしが見るところ、このひとはひとりぼっちです。誰かに相談しながら行動しているようには見えません。なぜなら、携帯電話を持っていません。ひとりで夏目家にやってきて、ひとりで戦っています。

そう、戦ってるように見えます。誰も戦意を持ってないのに。

特に伊代太。あの子を相手にどう戦うつもりでしょう?

お腹の子は彼女の味方です。それはきっと心強いことでしょう。でもまだ相談にはのってはくれません。

薫さんは何を思ったか、遺影を見ました。太一郎のではなく、わたしの遺影です。

あまりまじまじと見られると恥ずかしいです。それにやはりまた、例の息苦しさを感じます。息苦しさは……あの時を彷彿(ほうふつ)とさせます。

あの時のことは、はっきりとは思い出せません。痛みも苦しさも風景も、すべてに霞(かすみ)がかかっています。

わたしが死んだのは三十五歳。薫さんと同じくらいではないでしょうか。

薫さんはわたしの遺影に手をのばし、ほんの少し角度を変えました。すると遺影のわたしは壁を見ることになりました。

なぜこんなことを？

わたしと目を合わせたくないのでしょうか。

遺影は形骸です。生きている人が死んだ人を思い出すための手っ取り早いツールであって、そこに魂なんてありません。わたしはちゃんとここにいて、薫さん、あなたをしっかりと見つめていますよ。

あなたがあまりにもふてぶてしい態度をとるから、心底ふてぶてしい人間だと思っていました。でも、遺影を気にするなんて、あなたの弱い心が透けて見えたようで、わたし、ちょっと今、同情しているのよ。

同情って言葉を嫌う人は多いけど、あなたはどう？　わたしは嫌いじゃないわ。ひとの気持ちに寄り添うことですもの。人間の特権的感情だと思う。

あなたにはきっと、そういう態度で生きるしかない理由があるのでしょう。あなたの服装も、食べ方も、口のきき方も、立て膝も、きっと何か理由があるんだわ。

わたしはそれを知ることができるかしら？

知って、あなたを救うことができるかしら？

今の方法では幸せにはなれない。そう伝えたいけど、わたしの声は届かないわね。

親ばかで申し訳ないけど、これだけは言わせて。

あなたの幸せが、きっと伊代太の幸せにつながる。

だからお願い。ちゃんと幸せをつかんでね。

わたしが強く願うと、薫さんはぶるっと小さく震えました。

あら？　少しは伝わったのでしょうか。

母の一念岩をも通す！

もうひと押しと思ったら、伊代太の声に邪魔されました。

「お風呂準備できました！」


伯母の波子は夏目家の玄関前で姿勢を正し、深呼吸をした。

「おじゃましますよ！」

明るくはきはき。精一杯さりげない声を作り、夏目家のドアを開け、玄関へ入る。

ひさしぶりの夏目家だ。

玄関の床には砂もほこりもなく、掃除は行き届いているようで、とりあえず波子はほっとする。花は飾っておらず、殺風景なのは以前と同じだ。前はわが家同然に出入りしていたが、さすがに新婚家庭へは遠慮があって、足が遠のいていた。

夫の志賀は「一生放っておけ」と言う。

しかし波子の我慢は二週間で限界だった。あの女のおなかには太一郎の子がいるのだ。無事に生まれるよう、また、子育ても手伝えるように、そろそろあの女と交流を持たねばなるまい。

純二の嫁・賢子の出産には関われなかった。

なぜなら賢子は実家にがっちりと守られているからだ。志賀家ができることと言ったら、お祝い金をあげるくらいだった。よって純二の子どもたちとは親密にはなれず、今もお年玉をあげる時しか口をきけない。

一方、あの女は身寄りがないと聞く。自分の出番が予想され、波子は血湧き肉躍る。

ただし、あの女はあの女だ。

仲良くなれるか自信がない。ふてぶてしい態度、かわいげのない口のきき方、近づくのが怖いような不気味さがある。

唯一のてがかりは、あの優しい太一郎の婚約者だったということ。

ああ、死んでしまった太一郎。

「あの女のどこが好きなの？」という問いに、回答は一生のぞめないのだと思うと、崖下（がけした）へ落ちて行くような絶望を感じる。

でも、波子は生きている。生きている間は、少しでも楽しく、明るいほうを見つめていたい。

さて、玄関に入ったものの、勝手に上がるのに躊躇して、「誰かいる？」と叫ぶ。

すると「はーい」と澄んだ返事が奥から聞こえた。

伊代太はさっぱりとした笑顔で「伯母さんこんにちは」と言った。

波子が五年前に編んであげた紺色のセーターを着て、ジーパンを穿（は）いている。あいかわらずひょろりとして十代のようだ。

どこか変化がないか、探すようにまじまじと見つめていると、「なんで入って来ないの」と伊代太は不思議そうだ。

「だってあなたたち、新婚家庭じゃない。一応、声をかけてからと思って」

波子はようやく靴をぬぎ、上がった。伊代太からバターの香りがする。

「あのひとは？」

「寝てる」

「具合が悪いの？」

「朝は起こしちゃいけないんだ」

話しながらダイニングへ行くと、朝食の途中だったらしく、テーブルにはハムエッグと野菜サラダ、かじりかけのトーストがある。

その横に、ハムエッグが一食分、ラップに包まれている。冷蔵庫を開けると、一人分のサラダがラップに包まれている。

波子はすべてを理解したが、あえて口頭で確認した。

「伊代太が作ったの？」

「うん」

伊代太は座り、続きを食べ始めた。

「結婚式からずっとこう？」

「兄さんがいる時と同じだよ」

「太一郎とは一緒に食べてたでしょ。奥さんとは一緒に食べないの？」

「ひとと一緒に食べるの、落ち着かないんだって」

「まさか、三食別？」

「うん」

「あのひと何時に起きて、何時に寝るの？」

「さあ」

「洗濯はどちらがするの？」

伊代太はパンをかじりながら、微笑んだ。

「どうしたの、伯母さん」

「何か手伝うことないかしらと思って」

「平気だよ。ぼくはもう二十七だし、太宰さんだっておとなでしょ」

「あなた奥さんを太宰さんって呼んでるの？」

「いけない？」

「だって」

波子は頭が混乱した。落ち着くためにコートを脱ぐと、伊代太はさっと立ち上がり、ハンガーにかけてくれた。長い手足。形の良い後頭部。

波子は思う。彼がイーヨくんじゃなかったら。

きっともてただろうし、どんな職業にだって就けた。宇宙飛行士にだってなれたただろう。

波子は想像してみる。宇宙服に身を包み、宇宙船に乗り込む伊代太の晴れ姿を。割れるような拍手と歓声、カメラのフラッシュ。とたん、みぞおちがひやりとした。

暗い無重力空間に伊代太をやるくらいなら、この地球で家事をやらない女性と暮らさせるほうがよほど安全だと思ったら、心がいくらか落ち着いた。

「婚姻届はどうしたの？」

「ちゃんと書いたよ」伊代太は再び食べ始めた。

「そう。あのひと、何歳？」

「知らない」

「届、書いたんでしょ」

「ぼく、自分の欄を書いて太宰さんに渡したよ。ずいぶん前」

「役所に届けてないの？」

「二日ほど前かな、提出したって言ってたよ」

「そう」

波子は胸がざわついた。もう取り返しがつかない。夫とふたりで決めた結婚だけど、後戻りできないところに来てしまった。これから先は、いろんなことに目をつぶって、若いふたりの幸せの手助けをするしかない。

「じゃあもう、太宰さんと呼ぶのはおかしいんじゃない？　入籍したから夏目薫さんでしょ？」

「なんと呼べばいいか聞いておく」

「洗濯も伊代太が担当？」

「下着は自分で洗いたいみたい」

波子は自分のために湯をわかし始めた。日本茶をいれて落ち着かねば。日本茶というのは不思議なもので、いれる作業だけで心を落ち着かせる効果がある。

「あなたも飲む？」

「ぼく今から出かけるんだ」

「まあ、どこへ？」

「教習所」

波子は聞き違いだと思った。問いただしたいが、すでに伊代太は食べ終えて、皿を洗い始めている。

「やっておこうか？」

「ありがとう、伯母さん」

伊代太は急いでいるようで、手をジーパンで拭きながらどんどん玄関へ行く。

波子はやかんが気になるものの、伊代太のあとを追いかけた。スニーカーを履く伊代太の背中に質問を投げかける。

「教習所って、まさか車の？」

「うん」と伊代太は言った。

そして「いってきます」と笑顔で出て行った。


あの女が起きてきたのはお昼過ぎだった。

波子は鍋で干瓢(かんぴょう)を煮ていた。あの女は寝間着だか部屋着だかわからぬずるずるとした服を着て、髪はぼさぼさで、目が合うと「あれ？」と不思議そうな顔をした。

「こんにちは。伯母の波子よ。覚えてる？」

波子は笑顔を作ってみた。すると「はあ」と気の抜けた返事が返ってきた。

「薫さん、食欲は？」

薫は返事もせずにダイニングの椅子に座ると、ラップを剝(は)がし、伊代太が作ったハムエッグを食べ始めた。いただきますも言わない。コミュニケーション能力は0(ゼロ)と見た。

「サラダもありますよ」

波子は冷蔵庫からサラダを出し、ラップを剝がした。

「ドレッシングは何がいいかしら？　和風のノンオイルとサウザンドアイランドがあるけど、イタリアンならさっと作れるわよ。オリーブオイルもあるし」

薫は無言で立ち上がり、冷蔵庫からマヨネーズを出すと、こってりとサラダにかけた。

「脂質は控えたほうがいいんじゃないかしら」

波子は言うだけ言うと、ため息を飲み込み、干瓢の鍋の火を落とした。薫は返事をしない。

波子は大ぶりのバッグからパンフレットを出してテーブルに置いた。

総合病院の案内だ。

「今通ってる病院はどこ？　不満はない？」

薫は無言で食べながら、ちらちらとパンフレットを見る。

「今は産科の数が限られているから、予定日に合わせてはやく予約しないといけないんですって。ぎりぎりだと選べなくて、遠くになってしまうこともあるんですってよ」

薫の目はパンフレットを見、手と口はサラダを食べている。マヨネーズで唇がてらてらとしている。口に食べ物を含んだまま、「産むところはまだ決めてない」と言った。

波子はにんまりとした。

「そうだと思ったのよ！」

波子はパンフレットを開いて、指をさす。

「実はね、念のために予約を入れておいたの。分娩(ぶんべん)予約。一月、空いてたわ。通院してみて、気に入らなかったらキャンセルすればいい。ここ、産科が人気の総合病院よ。やはりね、外科や内科や小児科もあったほうが、非常事態に対応が早いでしょう？」

薫は手を止め、パンフレットに顔を近づけた。波子は相手が興味を持ったことに手応えを感じ、饒舌(じょうぜつ)になる。

「建て替えたばかりで、入院施設も新しくて、食事もいいらしいわ。賢子さんって覚えてる？　次男のお嫁さん。彼女が出産したのは、ご実家の近くの病院だったんだけど、入院病棟のお隣が小学校でね、運動会の練習の音がうるさくて、一日じゅういらいらしちゃったと賢子さんがこぼしてたわ。『天国と地獄』を聴きながら母乳なんて出るわけないわよねえ」

「天国と地獄？」

「ほら、ちゃんちゃーんちゃかちゃか、ちゃんちゃんちゃかちゃか」

「ああ、それ」

「わたしね、この病院の入院病棟の位置を調べてみたの。裏は病院の駐車場になってて、みごとな楠がどーんとあって、静かだったわ。窓から見えるのは空と木だから、お産のあと、気が休まるでしょう？」

薫は「ここ、いいですね」と素直に認めた。気に入ったらしく、ほかのページも熱心に読んでいる。箸でめくることに目をつぶれば、素直な良い子に見えてくる。

とにもかくにも拒絶されずに、波子はほっとした。

「保険証と母子健康手帳を持ってまずは産科の外来に行くといいわ」

「母子健康手帳？」

「ほら、妊娠したとわかったとき、役所でもらったでしょう？」

「はあ」

「まさか、まだもらってないの？」

薫は一拍置いて「もらいました」と言った。

波子はほっとした。

「夏目という名前で、出産の予約は済んでます、って言うのよ。診察は八ヵ月から月二回になるんですって」

「はあ」

「ごめんなさいね、食べてる途中に。どうぞ食べて」

薫は再び食べ始めたが、病院のパンフレットが気になるようで、まだ見ている。波子は食後のお茶用に湯を沸かすことにした。

そのとき波子は不思議な感覚を覚えた。背を向けたとたん、薫が不気味な女ではなく、もっと頼りない、そう、幼子のように感じたのだ。奇妙な中年女ではあるが、彼女も子どもだった時代がある。そう考えると、あまり怖がらなくてもいいような気がする。

背を向けたまま、さりげなく言った。

「よかったら、今日一緒に病院に行く？」

しばらく応答がなかった。背中を向けているので表情はわからない。波子はやかんを見つめながら返事を待った。

「今日はちょっと」

やはりね。波子はため息を飲み込む。近づくのにはもう少し時間が必要だと思う。

「こんど伊代太くんと一緒に行きます」と薫は言った。

「まあ、それはいい考えね。伊代太もパパになる心の準備が必要ですもの。一緒に行くといいわ。この病院、母親学級もやってるのよ」

「それってなんですか」

波子は振り返り、微笑んだ。

「あなたなんにも知らないのね。いいえ、責めてるんじゃないの。昔はね、情報なんてなかった。それでもみなぽんぽんと子どもを産んだものよ。親やおばあちゃんに見守られて、自然に産んで、育てたものよ。今はね、個人主義だから、そうもいかないでしょ。出産を頭で理解して、じっくり味わう時代らしいわ。ほら、みんな産むの初めてで、不安なものじゃない？　母親学級は、出産のしくみを知って、安心するための勉強会。産んだあとの育児のことも、いろいろと教えてくれるらしいわ」

薫は「母親学級」と頭に刷り込むようにつぶやいた。

「伊代太も連れて行くといいわ。最近はパパママ学級もあって、おとうさんの参加も奨励しているそうよ」

薫は「パパママ学級」とつぶやく。

波子は区役所のパンフレットも見せた。

「自治体でもやってるのよ。この近くの公民館でもやってるんじゃないかしら。行けばママ友もできるんじゃない？　公園デビューの前から仲間を作っておくと、安心でしょ」

お湯が沸き、波子は火を止めた。

「伊代太と言えば、さっき教習所に行くって出て行ったけど」

薫は返事もせずに区役所のパンフレットを見ている。

「あの子、車はだめなのよ」と波子は言った。

薫は不思議そうに顔をあげた。

「小さい頃は大丈夫だったの。幼稚園バスにも乗れたんだけど、小学校に上がってしばらくして、バスとか、タクシーとか、ひどく酔うようになっちゃって」

「乗り物酔い？」

「そのようなものかしらね。遠足の時は酔い止めの薬を飲ませたわ。それでも酔うみたい。ふつうの乗り物酔いとは違った質(たち)だと思うわね。母親が車の事故で亡くなったこと、影響してるんじゃないかしら。伊代太はうちの車もだめなのよ。近づくこともしないわ」

「…………」

「ほら、火葬場行きのマイクロバスであなたが気分悪くなったとき、伊代太も付き添いで降ろさせたでしょう？　実はあの子も青い顔をしていたので、主人が心配して降りるように言ったの。もう克服したかと思ったら、まだ駄目だったと、主人はがっかりしてたわ」

「そうなんですか」

「伊代太、自分で言い出したの？　教習所」

「ええ、まあ」

「じゃあきっとあの子、一歩踏み出そうとしてるんだわ。変わるかもしれない」

波子は紅茶をいれた。香りのよいアールグレイはあざやかな色をしている。

ふと薫の視線を感じ、波子は顔をあげた。

薫はうかがうような目をして、言った。

「出産って、どんな感じ？」

波子はそっと目をそらし、紅茶にミルクを注いだ。白が渦となって、赤を染めてゆく。すっかり混ざってから、ようやく薫と目を合わせることができた。

「どんな感じか教えてくれる？」

不思議そうな顔をする薫に、波子は微笑んだ。

「授からなかったの。だからほら、わたしっていつまでも伯母さんなの。五人兄弟を育てたけど、おかあさんじゃないのよ」


波子さんはその後ぴたっと口を閉じ、巻き寿司を作り始めました。

甘く煮染めた干瓢と干椎茸。

甘くて細長い卵焼き。

これらを作る間に、米を炊いておきます。

水で濡らしておいた木製の寿司桶に、固めに炊いたたっぷりのご飯をふんわりと置きます。お酢とお砂糖と塩少々を調合したすし酢をご飯の上に「のの字」にまわしかけます。

そのあと波子さんは時計の秒針を見つめます。きっちり十秒経つと、ご飯を混ぜ合わせます。しゃもじですくい上げては、しゃっしゃっと切るように。それを繰り返します。みごとな手さばきです。

それからご飯を広げ、うちわであおぎ、冷まします。酢飯のよい香りが鼻につんときて、食欲がそそられることでしょう。残念ながら仏に食欲はありませんが、薫さんの表情でそれとわかります。

次にまきすを広げます。その上に四角い海苔(のり)を置き、ご飯を薄くしきます。向こう側は少し空けておくのがコツです。用意した具をご飯の中央に横一文字に並べ、桜でんぶを散らします。これ、太一郎が好きでした。

あとは思い切って手前から向こうへ、たくしこむように巻きます。気弱にやるとゆるみます。強すぎてもお米をつぶします。最後にそっと形を整えます。

薫さんはその作業を眺めています。

手伝うことはしませんが、部屋に戻ることもしません。手品を見ている子どものような顔をして、飽かずに眺めています。

波子さんは隙のないパーフェクトな手さばきで巻き寿司を作り上げました。

わたしがいない二十年が想像できました。

波子さんは若かりし頃、銀座の銀行に勤めていて、仕立てのよいスーツを着ていました。いつもハイヒールを履いていました。玄関で靴を揃えるとき、美しい靴のフォルムに見とれたものです。わたしはぺたんこ靴でしたからね。

夏目家に顔を見せてくれるときは、必ず銀座の有名店のローストビーフやお菓子をお土産に持ってきてくれました。わたしが作った巻き寿司やケーキを見て、「うちで作れるの？」なんて驚いてましたっけ。

わたしが死んだあと、料理や洗濯やお掃除を勉強しながら、五人の子を育ててくれたのでしょう。ありがとう、波子さん。感謝の気持ちでいっぱいです。

波子さんは真面目なので、お手本通りの作り方です。わたしのように目分量ではありません。苦手意識のある几帳面な人のほうが、結果的にはじょうずになるんですよ。五人の子は正しい味覚を持って育ったに違いありません。

波子さんはよく切れる包丁を丁寧に濡れ布巾で拭きながら、太巻きを正しい幅に切り分けました。最後に端っこを薫さんに差し出しました。一番おいしいところです。薫さんはそれをいっぺんに口に放り込み、「味はいかが？」と聞かれて「うむ」とうなずきます。

波子さんは切った太巻きを二つの皿に美しく盛り分けると、ラップでぴっちりと覆い、帰って行きました。

薫さんはお礼もおあいそも言いませんでしたが、波子さんが「じゃあ、また来るわね」と言ったとき、「はあ」と答えました。来るな、とは言いませんでした。

そしてひとりになると、病院のパンフレットを熱心に読みました。読みながら、巻き寿司を一皿全部食べてしまいました。よほどおいしかったのでしょう。

その夜、薫さんが寝たあと、伊代太は青い顔をして帰宅しました。

車が苦手なのですから、よほど辛いのでしょう。ああもう、どうしましょう。おやめなさいと言いたいのですが、声は届きません。

伊代太はキッチンを素通りして四畳半に入り、倒れるように寝てしまいました。せっかくの太巻きは、翌日の朝ご飯になりました。


それからふたりは、ばらばらに外出する日が増えました。

伊代太は教習所へ毎日のように通っているらしく、薫さんは病院へ行ったり、買い物に出かけたりしているようです。ようです、と言いましたが、確証はありません。だってわたしはどちらにもついてゆかず、家でぼんやりとただよっているんです。

伊代太が車と格闘して青い顔をするのを見たくありませんし、薫さんにはりついて、知りたくもない彼女の暗部をのぞきたくありません。

さまよえる浮かばれない霊、といったところでしょうか。

わたし、後悔してます。

なぜあんなにはりきって、極楽から降りてきてしまったのかしら。

仏は現世では手もちぶさたです。受け身で、なにもできないのですからね。かといって、今すぐに極楽へ戻るのはあまりにも中途半端。せめて孫の誕生までは見届けようと心に決めました。

薫さんは出かける時に、病院の診察券や母子健康手帳を愛用のピンクのポシェットから出したり入れたりするので、きちんと病院には通っているようです。それは安心しました。波子さんのおかげです。

太一郎の子は、男の子でしょうか。女の子でしょうか。太一郎に似てますかしら。新しい命の誕生を思うと、細かい不安は消えます。命より大切なものなどないとわたしは思うのです。死んだ人間の実感です。

伊代太は「いいよ」と言いながらも、なんとか二十七歳になりました。

この先、誰に何を頼まれてもいい、何を背負ってもいい、人より損をしてもかまいません。こうなったら気の済むまでお譲りなさい。

でも、命だけは落とさないで。頼みます。

さて、ふたりの留守中、なんどか人が訪ねて来ました。

ピンポーンと呼び鈴がなりましたし、電話もかかってきました。留守電には「SN

企画ですが、至急お電話いただきたく」と入っていましたが、伊代太は教習所から戻るといつも青い顔で部屋にこもってしまい、留守電は聞きもせず、たまっていく一方でした。

だいじょうぶでしょうか？

ユウナは紙の手提げ袋を両手にぶらさげて病院の正面玄関に立った。

自動ドアは「重い！」と叫ぶように開いた、ような気がする。

そう、手提げ袋はすごく重たい。けど、どちらも同じ重さなので、バランスがとれて、なんとか歩くことができる。今日の爪は親指と中指と小指がピンクで、人差し指と薬指がイエロー。ユウナの好きな配色で、気分も上がる。

やじろべえの要領で、よろよろ病院の廊下を歩いて行くと、びりっと音がした。やばいと思った瞬間、片方の手提げの底が破れ、新品の漫画本が三十二冊、床で山を作った。

片手が楽になったのはたしかだ。

三歳くらいの子がひょこひょこ寄ってきて、一冊拾った。

「まあくん、だめよ。それはお姉さんの」

おかあさんが子どもから漫画を取り上げ、ユウナに渡した。すると子どもは顔をしかめ、これから大泣きするぞと、大きく息を吸う。

「いいよ、あげる」

漫画を返してあげると、子どもは息を呑み込み、にこっと笑った。

おかあさんのお腹は大きい。そうか。ここは産婦人科の待合室なんだ。

ユウナは落ちた漫画を拾い始めた。とりあえず近くの棚に載せておき、無事なほうの手提げを先に目的地へ運ぶことにしよう。

一冊一冊拾っていると、通りがかりの人が手伝ってくれた。なのにひとり、勝手に拾って読み始めている人間がいる。ソファの端に座っている妊婦だ。

妊娠すると、お腹の子を守るために、ずうずうしいホルモンが分泌される、という説を漫画で読んだことがある。ユウナは妊婦に腹が立った。三歳ならあげるけど、大人にあげるものか。

「それ、わたしのなんですけど」

きつく言うと、妊婦はこちらを見上げた。あれ？

あの女だ！

すっぴんで、髪はぼさぼさ。爪は裸。同じ女として理解を超えた存在ではあるけど、こんなところで会うなんて、ちょっぴり縁を感じる。ユウナは外国で日本人に会ったような気持ちになった。

「おばさん、名前なんだっけ」

「はあ？」

妊婦はユウナの顔を覚えてないらしい。髪の色をピンクベージュからマットなアッシュ系に変えたからかもしれない。

「おばさん、太一郎の婚約者でしょ！　オキモノクンと結婚した」

この言葉に、ほかの妊婦たちがいっせいにこちらを見た。好奇心いっぱいの目だ。漫画を持った妊婦はちっ、と舌打ちをし、「わたしは夏目薫」と低い声でささやいた。その瞬間、ユウナは思い出した。

「そうだ、太宰薫だ、太宰薫！　夏目より太宰のほうが似合うよ。おばさん、太宰な感じ。あ、これ、ダサいのシャレじゃないから」

ユウナは拾った漫画を抱えて薫の隣に座った。

「へえ、ここに通ってるんだ。この病院、いいよね。産婦人科のことは知らないけど、たぶんナイスだと思うよ」

　ユウナはいつになく饒舌になる。

「キャンセル料がもったいないね、って言ったの、わたしなんだ。太一郎の結婚式のキャンセル料だよ。わたしのアドバイスを受けて、あんたたち、結婚式をやることになったんだよ。あそこのデザートはいまいちだけどね」

　薫は黙ったままだ。

「わたし京三郎の彼女。ほら、三男、医者でふとっちょの」

「………」

「オキモノクン、元気？」

「オキモノ？」

「イーヨくん。オキモノみたいじゃん」

　薫は再び黙った。ユウナは気にしない。

「わたしもね、ついこないだまでオキモノサンだったんだ。おばさんの結婚式でさ、オキモノクン見てて、こういう人生やだなあーって思ったわけ。それで、わたしはオキモノサンをやめて、動き始めたわけ」

　薫は相槌も打たずに漫画を読んでいる。それでもおしゃべりに耳を澄ませているのはわかる。自分もそういうやりかたをよくするからだ。

「今、わたし、働いてるんだ」

ユウナは働いてるという言葉に自分で酔った。ほこらしさで胸がいっぱいだ。

「この廊下の先に小児科の入院病棟があってさ、そこに図書室作ってるの。だいぶ蔵書が揃ったよ、見に来ない？」

「司書の資格あるの？」

薫は漫画を見ながらぼそっとつぶやいた。

ほうら、聞いてる。ユウナはますますうれしくなる。

「司書ってなにそれ。そんなの知らないけどさ、ようするに、漫画喫茶。漫画が読めて、お茶もできる。ジュースも用意するつもり。病状によっては飲めないけどね。あ、病院だから図書室って言わないとだめなんだって。ほんとは漫画喫茶。飲み物は有料だけど、持ち込みも可にするんだ。漫画はただ。ただで読み放題」

「漫画しかないの？」

「漫画しかない」

「雑誌置かないの？」

「だから漫画喫茶なんだってば」

「ここ、あなたの親が経営している病院？」

ユウナは「ははは」と笑った。

「大病院の娘っていうのは、京ちゃんの嘘。見栄はってんだよ」

「じゃあ、あなたはなにもの？」

ユウナはけらけら笑った。

「だからさ、小児病棟の図書室のおねえさんだってば」

「図書室のおねえさん？」

「そうだよ。わたしは図書室のおねえさん」

ユウナは胸をはり、薫を見て、「おばさんはもうすぐおかあさんだね」と言った。

薫は驚いたようにこちらを見た。ユウナは初めて相手の記憶に自分が刻まれたと感じた。やはり何かになるってすばらしい。

背後に気配を感じた。ふりかえると、スーツを着て眼鏡をかけたクールな顔の男が立っている。

「ユウナお嬢様、河合（かわい）先生がお呼びです。あとで皮膚科へお越し下さい」

聞き慣れた声は言った。ユウナが抱えている漫画を見て、「わたしが運びましょうか」と手を差し出す。

「やだよ、これ、わたしのお仕事だもん」

男はうなずくと、新しい紙袋をうやうやしく差し出し、消えた。

薫はふふんと鼻で笑った。

「図書室のおねえさんじゃなくて、ほんとは皮膚科の患者さんなの？」

ユウナは首を横に振った。

「わたし、水虫じゃないよ」

それから声をひそめて言った。

「ママがここで皮膚科のお医者さんやってるんだ」

「へえ」

「京ちゃんは知らないんだ。ぜったい言わないでね。わたしは京ちゃんにとって、ただの漫画オタクなんだから。そこがさ、重要なポイントなんだから」

しゃべりながら抱えている漫画を子どものように抱きしめた。

「でもさ、図書室完成したら、いい漫画喫茶あるよって、誘ってみるつもり。で、京ちゃんをびっくりさせてやるんだ」

「ふうん」

ユウナは不思議に思った。なんでかな、今日の自分、すごくしゃべってる。しかも早口。このおばさんといると、どんどん正直になれる感じ。とりつくろわなくていいって感じ。このひと、なんか、好きかも。

「ね、あとで遊びに来てよ。図書室」

その時、「太宰薫さーん」と呼ばれ、薫は「はい」と答えた。

薫はユウナに漫画を返すと、産科の診察室へ入って行った。

「やっぱ太宰薫じゃん」

ユウナは漫画を抱えて立ち上がった。

十一月に入ったある日のことです。

薫さんは「今日はパパママ学級に行く」と伊代太に言いました。

伊代太は朝食を食べている最中でした。珈琲を飲みながら笑顔で「いってらっしゃい」と言いました。薫さんはあきれたように「パパママ学級なんだから、夫婦で行くのよ」と言うではありませんか。

伊代太は時計を気にしています。

「教習所で技能講習がありますが」

「今日は休めば」

伊代太はほっとしたような顔をして「わかりました」と言いました。

なんとまあ！

新婚生活初の、夫婦のおでかけです。

久しぶりにうきうきします。わたしがうきうきするのも変ですが、うれしいのです。本日は部屋での浮遊はやめ、ふたりについていくことにします。

伊代太はタクシーを呼ぼうとしましたが、薫さんは「歩いて行ける」と言います。病院ではなくて、近所の公民館だそうです。

薫さんはグレーのスウェットの上下を着て、その上にベージュのダウンコートを羽織り、家を出ます。まだコートの季節ではありませんが、今日は冷え込んでいるようです。仏の身のわたしに気温はわかりませんが、風が強いのはわかります。

薫さんは大股（おおまた）でさっさと歩きます。ダウンコートで大柄な体がますます大きく見え、髪はぼさぼさ、化粧もしていません。たいへんおばさん臭いです。

伊代太は白いシャツに紺のセーターを着て、その上に紺のダッフルコートを着ています。下はジーパンです。白いスニーカーだし、学生のように見えます。親の欲目かもしれませんが、かっこいいです。

二十分ほど歩くと、薄いピンク色の建物が見えました。

これが公民館？

ずいぶんかわいらしい建物です。新しそうですしね。わたしがいた頃、ここらへんは草ぼうぼうの空き地でした。うらやましい。早く死ぬと損ですね。もう一度この町で暮らせたらと思ってしまいます。

中に入ると、ふたりはスリッパに履き替えました。受付で「予約した夏目です」と薫さんが言うと、「どのお教室ですか？」と聞かれました。

「パパママ学級です」

「では右手の廊下をまっすぐに、一階のホールへお進みください」

ここではいろんな勉強会があるようですね。

廊下で百合の花を抱えている人とすれ違いました。生け花教室もあるのでしょう。いつかやってみたいと思っていました。花、好きなんです。

子どもが大きくなって手が離れたら……。

喫茶ポーでお茶をしたり、銀座で映画を見たり、いろいろやってみたかったです。

波子さんと一緒にデパートに行き、綺麗な服を選んでもらいたかった。ハイヒールの靴も履いてみたかった。髪も茶色に染めてみたかった。髪が明るくなったら、ずいぶんと気分がすかっとすることでしょう。ピアスもしてみたい。あ、そうそう、カルチャースクールにも通って、俳句や短歌をたしなんでみたい。やったことがないことが、わたしにはいっぱいあります。一度食べてみたかったフグ。どんな味がするのでしょう？

さて、一階のホールは廊下の突き当たりにありました。バレエ教室が開けそうなスペースがあり、端にスチール製の椅子が並んでいます。

すでに夫婦がいちにい、……八組来ており、用意された椅子に座って、夫婦で会話したり、知り合いなのか、女同士で会話をしたりしています。みなさん身ぎれいにしています。うちのお嫁さんだけが……みすぼらしいです。みんな、かわいい妊婦服を誉め合い、「どこで買ったの」などと話しています。女子校時代がなつかしい。

殿方は一様に寡黙(かもく)です。おなかの大きな女性に勝てる男性などおりません。

ピンクの白衣を着た妙に姿勢の良い痩せた女性が近づいて来て、「いらっしゃい。お名前は？」と薫さんに尋ねました。胸に保健師というプレートを付けています。

「夏目です」と薫さんが言うと、保健師さんは名簿をチェックし、「これからのスケジュールです」とプリントをくれました。

夏目夫婦が最後の到着だったらしく、パパママ学級はすぐに始まりました。

まずは保健師さんがマイクでしゃべります。

「はじめまして。わたくしは保健師の後藤と申します。本日から毎週水曜、全部で三回、パパママ学級をここ第一ホールでやらせていただきます。本日のご夫婦は、十組の予定でしたが、ひと組、キャンセルとなりました。今いらっしゃるのは、妊娠七ヵ月から、九ヵ月のみなさまです。全員、初産でいらっしゃいます。さて、スケジュール表をごらんください」

パパさんもママさんもいっせいにプリントを見ます。

「本日一日目は、妊娠中の健康な生活についてのおおまかなガイドラインを示します。だいたい三十分くらい。そのあと、質問を受けます。なんでもお聞き下さいね。そこで一回、休憩を入れまして、そのあとは床のマットで楽な姿勢になっていただき、出産時の呼吸法のひとつラマーズ法のご紹介と、練習をします。ラマーズ法のほかにソフロロジーという方法も最近注目されていますが、これはパニックにならないための暗示のようなもので、主にメンタル面に訴えかけるものです。三日間の簡単なパパママ学級では、体得しやすいラマーズ法をご紹介しますね。そのあとは、ティータイムとなります。みなさんがお友達になれるよう、自己紹介、交流タイムに致します。全部で二時間が終了の目安です。ご気分の悪くなった方はすぐにおっしゃってください ね。さて、来週は歯科衛生士からお口の健康についてのアドバイス、再来週は栄養士が栄養指導と調理実習を致します」

前置きがずいぶんと長いお話ですが、みなさんうんうんと熱心に聞いています。うなずいてないのは夏目夫婦くらいです。薫さんは途方に暮れたような顔ですし、伊代太もぽかんとしています。

伊代太は高校一年から授業を受けてないので、こういう場に不慣れなのでしょう。教習所での落ちこぼれぶりが目に浮かびます。

話はいよいよ本論に突入しました。

妊娠中の健康な生活について。

煙草はいけません、アルコールもいけません、睡眠はたっぷりとりましょう、鉄分は意識的に摂りましょう、ストレスのない家庭環境で、などなど、別に妊婦でなくてもねえ、と思ってしまうような健康の基礎がそれらしく語られ、「適度な家事をして、太り過ぎに注意しましょう」と、薫さんの耳が痛くなるような言葉もありました。

質問タイムは、意外なことに男性からの発言ばかりでした。

「妊娠中、カフェインはどれくらい摂取してもだいじょうぶですか？」

「妊娠してると気付かずに飛行機に乗りましたが、金属探知機は母体に影響ありませんか」

「胎教のために父親としてできることはありますか。ピアノなら弾けますが」

「赤ちゃんの新しい産着は一度洗ったものを着せたほうがいいですか」

「母乳だと飲んだ量を量れないので、一度哺乳瓶に入れて量を量って飲ませたほうがよくないですか」

「子どもが生まれるまでに、虫歯を治療したほうがいいですか。虫歯菌は空気感染しますか」

おやまあ、笑っちゃう。なんて頭でっかちなこと！

そんな神経では現場でやっていけませんよ。

いいですか？　育児は戦場なんです。瞬発力および忍耐力、なにより寛容さが必要なのです。今、お腹にいるうちは、せいぜいふたりでのんびりした生活を満喫することです。数ヵ月後に後悔しますよ、「あのとき寝ておけばよかった」と。

あらあら、保健師さんたら、律儀に回答していますよ。「良い質問ですね」とおあいそまで言ってますよ。なるほど、笑い飛ばしたらいけないんですね。今はお産を頭で理解し、じっくり味わう時代だと波子さんも言ってましたね。

でも現実に、頭で理解してじっくり味わうなんて、できますでしょうか？

子どもって個体差激しいですよ。知識とズレがあった途端、心配が膨らんで育児ノイローゼになってしまわないかしら？

わたし思うんです。子育てに必要なのは、知識ではなく、心構えではないでしょうか。

五人の子を産んだわたしが講師となったら、まずはこう言います。

「これから十年、自分の人生を少し削って、子どもに分けてあげてください」

そんなに難しいことではないでしょう？

自分の人生をパーフェクトに維持したまま、親になろうなんて、それは無理と言うものです。失うものがあって、やっと得られるものがあるんです。全部失う必要はありません、いくらか削ればいいんです。

それからこうも言いますよ。

「あなたが今心配していることは、すべて起こりませんから安心してください。あなたを困らせることは、予測不可能なハプニングです。心配は起こってからスタートしましょう」

どうです？　名講師になれそうですね。

生きている時、わたしにだっていろんな心配ごとがあったんです。

太一郎の成績が落ちてゆくこととか、純二がわがやの掃除当番をこっそり伊代太にやらせているとか、京三郎が高い塾へ行きたがってるとか、四郎が球技大会でドッジボール賭博(とばく)をし、クラスメイトからおこづかいを巻き上げていたとか、伊代太の乳歯がなかなか抜けないとか、家計が食費に圧迫されているとか、数えあげればきりがないほど日々悩んでいたのに、遭遇したのはいきなりの自分の死。まさかまさかのことでした。

わたし、なんで死んじゃったんでしょう？

なんだかしんみりしちゃいます。パパママ学級に来て、おばあちゃんのわたしが落ち込んでもしかたないのに。

あらあら、休憩に入りました。次はラマーズ法とやらの練習ですね。

薫さんはトイレに行ったようです。妊婦さんは膀胱(ぼうこう)が圧迫されるので、トイレが近くなるんです。ママさんたちは消え、パパさんばかりが手持ち無沙汰に残されました。

伊代太は居心地悪そうにぽつんと端の椅子に座っています。

「君、何歳？」

ひとりのパパさんから声をかけられました。背が高く、おしゃれな色付きのシャツを着ています。

「二十七です」

「若い！　うちは夫婦とも三十五。実はできちゃった婚でね、新婚なんだ。君たちはいつ結婚したの？」

「先月です」

「え？　君らもできちゃった婚？」

伊代太はおそるおそるうなずきます。

相手はにやにや笑っています。

「新婚ほやほやでいきなり禁欲生活に突入で、男としてはなんだかなーだよね。ま、自分の蒔いた種だけど」

伊代太はうなずきません。伊代太の場合、自分の蒔いた種ではありません。太一郎が蒔いた種です。

「奥さん、かなり年上に見えたけど、いくつなの？」

「さあ」

ね」

「さては口止めされてるね。偉いなあ、君のように素直で義理堅い夫は女性の夢だ

禁欲パパさんはくすくす笑います。

「さあ？」

伊代太はとまどったように、まばたきをしました。

「奥さんを愛してるの？」

禁欲パパさんは小さな声でささやきました。伊代太はうろたえたようで、それでも誠実に答えを見つけようとして、少し首を傾げました。

「偉いなあ、君って正直なんだね。好きだな、そういう奴」

禁欲パパさんは満面の笑みを浮かべました。

「ねえ君、この先もし運命の人に出会ったら」

そこで禁欲パパさんは伊代太の耳に口を寄せ、ささやきました。

「自分のしたいようにすることだ」

その時、「ちょっと！」と背の高い女性がやってきて、禁欲パパさんの腕をつかまえ、ぐいっと引き寄せました。髪の長い、きれいなひとです。

「なにやってるのよ！」

ドスのきいた低い声。何を怒ってるのでしょう？

「誤解だよ。父親になる心構えを話してたんだ」

「若い子好きなんだから！　場をわきまえてよ」

ふたりは言い争いながら、離れて行きました。

若い子ってどういうことですか？　伊代太は男ですよ。そういう趣味があるのでしょうか。よくわかりません。

ママさんたちは全員戻ってきて、第二部が始まりました。

夫婦がペアになり、マットに足を投げ出して並んで座ります。ママさんたちはみなお腹がそっくり返るため、両手を床に付け、体を支えています。

「お産の激痛のときは、どうしても体に力が入ります」

保健師さんはよく通る声で説明します。

「力が入ると、産道が狭くなり、赤ちゃんはなかなか出てこれず、おかあさんも赤ちゃんも苦労します。ラマーズ法は力を抜くための呼吸法です」

保健師さんの助手が、ラジカセのスイッチを入れると、音楽が流れ始めました。

「陣痛が十分間隔のときは、まだ子宮口が少ししか開いてません。ワルツのように、はい、まずは鼻から吸ってー三秒、次に口から吐いてー三秒」

ママさんたちは神妙に吸って吐いてを始めます。パパさんたちもママさんの気持ちに寄り添うため、同じように吸って吐いてを致します。

音楽は『花のワルツ』です。ちょっと合わない気がしますが、文句は言えません。薫さんも吸って吐いてるし、伊代太も吸って吐いてます。

次に音楽はアップテンポになります。

「吸って吸って吐いてえ！」

ヒッヒッフー、ヒッヒッフー、ヒッヒッフー。

保健師さんは叫びます。

「子宮口は五センチ開きました！」

臨場感たっぷりで、むしろみんな、肩に力が入ってしまったようです。十八人の男女がヒッヒッフーをする姿は圧巻(あっかん)です。このうちひとりぐらい生まれてしまうのではないかと心配になります。

中に不器用なパパさんがいて、咳(せ)き込みました。なかなか咳が止まらず、苦しそうです。気管に唾液(だえき)が入ってしまったのでしょう。ようやくおさまりかけた時、ガタンと大きな音がして、ドアが開き、女性が泣きながら駆け込んで来ました。妊婦です。

保健師さんは「どなたです？」と叫びます。音楽が鳴ってるので、叫ばないと聞こえません。

「キャンセルした町田（まちだ）です！」と妊婦も叫びます。

溶けたマスカラで頬が黒く、鼻の頭はトナカイのように赤いです。

「キャンセルをキャンセルします！　ひとりで参加していいですか？」

しゃくりあげながら叫びます。

保健師さんの助手が音楽を止めました。

するとマスカラ妊婦はやや落ち着いた声になりました。

「さっき、離婚してきました。でも無事に産みたいので」

そこまで言うと、感極まってわーっと泣き崩れました。

保健師さんは困ったような顔で近づき、背中に手をあて、「そういうご事情ならば、保健所へ行かれたらどうですか？　あちらでは母親学級がありますよ」と言いました。手をあてたわりには、冷たい。けんもほろろではありませんか。

マスカラ妊婦の嗚咽（おえつ）はやがてしずまりました。最後にふうっと大きなため息をつきました。あきらめたのでしょうか。保健師さんが立つようにうながすと、素直に立ちました。そして背中を向けて出て行こうとしました。その時です。

「別にいいんじゃない」

太い声です。薫さんです。

思います。

「これ、正直、わざわざペアでやるようなことじゃないでしょ」

会場はシーンとしました。主催者に対するキツいクレームです。でもよく言ったと思います。

「なんなら貸すけど」

薫さんは伊代太を指差しました。伊代太は真顔でうなずきました。

そのときです。

「うける!」

禁欲パパさんがいきなり手を叩いて笑い始めました。隣の奥さんも笑っています。そして「うちのも貸す」と言いました。

会場は笑いの渦となりました。

さっきの呼吸法よりよほどリラックス効果が現れ、全体になごやかになりました。ここにいるすべての妊婦に安産が約束されたようなものです。

そのあと、お茶がふるまわれ、フリートークの時間となりました。マスカラ妊婦もすっかり仲間入りです。薫さんも伊代太もかなり端のほうに座っています。発言はしませんが、ひとの話をちゃんと聞いているようです。

中心になってしゃべっているのは、出産に意欲満々の夫婦です。

「肌着は絶対にオーガニックコットン。それ以外はノーよ。残留農薬が心配でしょう？　産着から靴下まで厳選して選んだわ」

「お米は玄米に変えた。便秘は解消されたし、なにせ今、この子はわたしが食べたものから体を作っているのですもの」

「食品添加物とアトピーについての因果関係が証明されたってほんと？」

薫さんは目が点のようになっています。昨日の夜食はカップラーメンですからね。神経質になる必要はありませんが、子どもの産着くらいそろそろ買いそろえたほうがいいんじゃないかしらね。姑としては気がかりです。

「わたしはね、いつも通り生活してるわ」

禁欲パパの奥さんは言いました。

「実はわたし、出生前診断したとき、あれこれ心配して、ノイローゼになっちゃったのよ。高齢出産だから、羊水検査しておきましょうかと医者に言われて、検査は良いことだと思って、なにげなく受けたんだけど、結果がわかるまでの間に、もし異常とでたらどうしようと悩んだわ。中絶する勇気もないし、障害を知った上で産む勇気がわたしにあるかしらと、朝から晩まで考え込んでしまった。結局、異常はないとわかったのに、ストレスで血圧上がっちゃったわ。夫婦で話したの。もうあとは自然にまかせようって。レトルトだって食べるし、宅配ピザもとる。今は自分がリラックスすることを第一に生活してるわ」

みな、うんうんと聞いています。

若いママさんは「わたしその検査受けてないけど」と心配そうな顔をしました。ほかの高齢ママさんが「若いとリスクは低いから平気」となぐさめます。

禁欲パパの奥さんは薫さんに「あなた、どういう気持ちだった？」と聞きました。

薫さんは言いました。

「検査は受けてない」

「そう、その歳で度胸あるね」

薫さんは何も言い返しませんでした。

彼女は妊娠したとわかってから病院に行ってなかったので、出生前診断をする時期を逃したのでしょう。

わたしが生きている頃は、出生前診断は最先端医療でした。セレブな人たちの特別なやり方だとわたしは思っていました。どこそこの病院ではやってくれるわよ、とか、だれそれさんは受けたんですってと、噂で聞いたことがあるくらいで、実際に受けた人は身近にいませんでした。

今はこれほどノーマルな検査になっているんですね。

当時は妊娠したら「おめでとう」だし、あとは無事を祈るだけでした。こんなにあれこれ選択肢があって、いちいち自分で決めなくちゃいけないなんて、今の妊娠って、お気楽ではいられないのですね。科学の進歩イコール幸せとはいかないようです。

この日の学級は終了となり、ほかの人たちが電話番号を交換する中、薫さんはさっさと帰り始めます。伊代太もあとに続きます。

ふたりが公民館を出たところで、うしろから声をかけられました。

「ダザイでしょ？」

薫さんは振り返りました。金髪でおかっぱの、少女のような妊婦が立ってます。たしかさっきの教室にいました。金髪が目立っていましたもの。

「違います」

薫さんは再び歩き始めました。

「うそ、横浜のダザイだ」

金髪少女は追いかけて来ます。

「ヤマさん最近見ないけど、なんかあった？」

薫さんは完全無視で歩き続けます。

金髪少女は伊代太の腕をつかんで「あんた、旦那?」と言いました。

伊代太はうなずきます。

金髪少女はにやりと笑い、薫さんの背中に向かって叫びました。

「うまくやったんだね!」

薫さんは振り返って金髪少女を睨むと「あなたもでしょ」と言いました。

「あたしは違う。あいつ、バイトだし」

金髪少女は親指を立て、公民館の駐車場を見ました。男は車に乗り、運転席で煙草を吸っています。

「旦那のふりして三回出てくれたら二万円払う約束なんだ」

薫さんは「ばっかみたい」と肩をすくめてみせました。

「なら母親学級へ行けばいいのに」

すると金髪少女はガムを噛みながら言いました。

「産んだらひとりで育てるんだからさ、産む前くらい旦那がいる感じ、味わってみたいじゃん」

そのときクラクションが鳴りました。男がいらついているようです。金髪少女は

「来週ね、ダザイ！」と言って、背中を向けました。

　薫さんは「あなた、出生前診断、した？」と尋ねました。

　金髪少女は振り返って、「若いもん。するわけないじゃん！」と叫び、車の方へ急ぎ足で行きました。

　薫さんはむすっとした顔で、自宅方向にどんどん歩いて行きます。

　伊代太は少し後ろを歩きます。薫さんは眉間にしわを寄せています。いろいろと心配になってしまったのでしょう。

　しばらくすると伊代太は「明日から玄米にしますか」と声をかけました。

　薫さんは「どうでもいい」と答えます。こういうとき下手に女の人に話しかけてはいけません。でも伊代太にはそれがわからないようで、「じゃあ玄米にしてみましょう」と声を張ります。

「来週は歯の衛生ですね」

　伊代太はいつになく積極的な態度です。教習所よりパパママ学級のほうが気に入ったのでしょう。

「もう行かない」と薫さんは言いました。

「行かない？　行かないんですか？」

「あなた行きたかったら行けば」

「じゃあ、そうします」

伊代太は真顔です。薫さんはあきれたような顔で伊代太を見つめ、それから歩く速度をゆるめました。疲れたのでしょう。

ふたりが信号待ちをしていると、白髪の老婦人から声をかけられました。

「すみません、このあたりに郵便局はありませんか」

上品なコートを着た女性です。薫さんはここの土地鑑がありません。伊代太が「この十字路を右に曲がって」と説明を始めました。

途中ふたつめの信号を左に曲がって、すると二軒目にパーマ屋があるのでそこを右へ行き、お菓子屋さんが見えたら……説明は続きます。言いながら伊代太は老婦人の表情を窺い、無理だと思ったのでしょう、最後に「一緒に行きましょうか」と言いました。

老婦人はほっとしたようで「まあうれしいわ」と笑顔になりました。

伊代太は薫さんに「先に帰っててください」と言って、老婦人と共に十字路を右に曲がって行きました。

薫さんはひとり残されました。呆気にとられた顔をしてましたが、やがてゆっくりと歩き始めました。夏目家に向かっています。

心なしか寂しそうです。伊代太と人生を共にするということは、こういうことなんです。こらえてくださいね。

途中の公園で五歳くらいの女の子がブランコに乗っていました。そばにおかあさんらしい人が立っています。薫さんは少しの間立ち止まって、母子を見ていました。自分の近未来を想像しているのでしょうか。

ようやく夏目家に到着すると、玄関前に年配の男の人が立っていました。留守だと知って、帰ろうとするところだったらしく、くるりとこちらを向き、薫さんと目が合いました。

「こんにちは」

中折れ帽子を軽く掲げて挨拶したのは夫です。夏目銀之介。老けても男前です。

薫さんはいそいでポシェットを探ります。ハンカチ、ティッシュ、母子健康手帳、小銭入れは出て来ますが、肝心なものがありません。百円玉が地面に落ちました。夫が拾ってあげました。

薫さんは肩をそびやかしました。

「鍵を持ってないんですけど」

「わたしも持っていません」

「ここ、あなたのうちでしょう?」

薫さんはあきれたように言いました。

夫ははにかんだように微笑み、「ごめんなさい」と言いました。

なつかしい笑顔です。どきどきします。

また恋してしまいそう!

ふたりは玄関脇の小道を通って、庭へ行きました。

木の葉が色づいてきれいです。猫の額という表現がぴったりな、ささやかなスペースですが、わたしはこの庭がとても好きでした。さるすべりにもみじ、キンモクセイ。木の根のあたりは、苔むしています。風情があります。

ガラス戸はぴったり閉まっています。戸締まり完璧です。

薫さんは濡れ縁に腰掛けました。夫は少し離れて腰掛けます。

ちょっぴり妬けます。わたしも昔ここでこうやって夫と肩を並べて庭を見ました。もう少し近い距離でしたけどね。肘が触れるだけでも、うれしかったものです。

「伊代太くん、すぐに戻ると思います」

薫さんがそう言うと、夫は「いいんです」と言いました。要領を得ない返事です。

しばらく気まずいような沈黙がありました。それを気遣ってか、もみじの紅い葉が一枚、はらりと濡れ縁に落ちました。

夫は黙って紙の手提げ袋を差し出しました。薫さんは受け取り、中から箱を取り出しました。有名デパートの包装紙に包まれた箱です。薫さんはびりびりと乱暴に包みを破ります。蓋を開け、はっと息をのみました。

まあ！

真っ白な産着、真っ白なミトン、真っ白な靴下。

美しい配置で入っています。すべてがちっちゃく、すべてが清らかです。

薫さんは箱から出し、手に取って眺めます。白くてふわふわで、いかにも上質な産着です。薫さんはミトンを頰にあて、目をつぶりました。

しずかな時間が流れました。気まずさは消え、あたたかい空気に包まれています。

突然、夫は言いました。

「伊代太は良い子です」

薫さんは驚いたように夫を見ました。

教師の時と同じ、通る声です。けして大声ではないのに、心にスッと入ってきます。

夫は立ち上がると、赤いもみじの葉をちらっと見て、出て行きました。

もみじの葉がなごりを惜しむように一枚、二枚と落ちました。

そうよね、あなた。

伊代太は良い子です。

生まれたときを思い出します。これほど上等ではありませんが、真っ白な産着で伊代太を包み、ふたりで頰を寄せて「かわいい」と喜び合いました。

ありがとう、あなた。

来てくれてありがとう。

そして、ごめんなさい。

死んでしまってごめんなさい。

薫さんはミトンを持ったまま、ぼんやりともみじを見ています。

十一月の庭はもみじだけがあでやかで、ほかに女性を喜ばせるものはありません。あと一ヵ月もしたら、らっぱ水仙が咲き始めます。今は尖(とが)った葉がうっそうとしげっているだけです。

薫さんはミトンをそっと箱にしまうと、濡れ縁に落ちているもみじの葉をつまみ、てのひらに載せました。白いてのひらに赤いもみじが鮮(あざ)やかです。薫さんは赤ちゃんの手を握るようにそっともみじを握りました。

　ふっくらとしたげんこつ。

　わたしはふと、その手を握ったことがあるような、不思議な気持ちになりました。柔らかさを覚えているのです。もちろん薫さんの手など、触れたことはありません。毎日彼女を見ているので、親密な関係になったように思えるのでしょう。息子の嫁なのですから、もうすっかり家族なんですね。

　それから薫さんは深呼吸を始めました。具合が悪いのでしょうか？　深呼吸は続きます。しばらくすると、ヒッヒッフーと息づかいがせわしなくなりました。

　どうやらラマーズ法の復習をしているようです。

　薫さんはおかあさんになろうとしています。

　ああ、よかった。

　おかあさんになりたい。その気持ちがあるだけで、じゅうぶんです。さきほどはえらそうなことを言いましたが、思えば、わたしもその気持ちだけで産んだのです。

　だれもみな、はじめておかあさんになるのです。だれもみな、ふたしかな思いのままおかあさんになるのです。

　しばらくすると、走る足音が聞こえて、伊代太が庭に駆け込んできました。

「ごめんなさい、鍵、ぼくが持ってて！」

伊代太は息が荒いです。郵便局からここまで全速力で走ってきたのでしょう。マラソンは得意ですからね。

薫さんは紙袋を差し出しました。伊代太は受け取り、中を覗きます。

「波子おばさん？」と伊代太は尋ねました。

「おとうさん」と薫さんは言いました。

伊代太は驚いたようで、「おとうさん？」と聞きました。「ぼくのおとうさん？」ともう一度聞きました。薫さんがうなずくと、伊代太は産着を手に取り、まばたきをくり返しました。そのあと、「おとうさんだ」と言いました。目は庭の土を見ています。うっすらとあのひとの足跡が残っていました。

伊代太は足跡をしばらく見ていましたが、やがて静かに言いました。

「薫さん、冷えます。中に入りましょう」

この日伊代太は初めて奥さんを「薫さん」と呼びました。

翌日も伊代太は教習所へ行きました。

あちらで順調にやってるのか不安ですが、わたしは家にいて薫さんを見守る事にします。あぶなっかしいひとで、心配です。

薫さんはお昼過ぎに起きて、ワイドショーを見ながら伊代太が作った朝ご飯を食べています。今日はおにぎりと卵焼き、大根のお味噌汁です。

ピンポーンと呼び鈴が鳴りました。薫さんは口いっぱいにご飯を詰め込んだまま、玄関に行きました。

ドアを開けると、スーツを着た男性がふたり立っています。

「よかった！　いらした！」

「SN企画のシステム部長の田畑（たばた）と申します」

名刺を差し出したのは、三十そこそこくらいの若い部長さんです。横にいる年上っぽい髪の薄い男性は、「人事部係長の矢部（やべ）です」と頭を下げました。若い田畑さんが部長、年上の矢部さんが係長。年功序列ではなく、実力本位の会社なのでしょうか。

SN企画と聞いて、薫さんは話を聞く気になったようです。

「今わたくししかおりませんが、お話だけでも伺いましょう」

おやまあ、薫さん、よそいきの言葉も話せるんですね。

数分後には、居間の四角い座卓を前に、SN企画のふたりが並んでしゃっちょこばって座っていました。薫さんはお茶も出さずに二枚の名刺を並べて見つめています。

お茶ですよ、お茶！　頼みます、お茶くらい出してください。

「夏目店長には生前お世話になりました」

田畑部長は頭を下げました。入ってまず仏壇にお線香をあげてくれましたし、若いけれど良識のある人だと見て取れます。

「失礼ですが、奥さまで？」

「はい」

「ご主人をなくされてたいへんな時におしかけまして」

「わたくしは弟の妻です」

「え？」

田畑部長も矢部係長も素っ頓狂(すっとんきょう)な声を出しました。

「ひょっとして、伊代太さんの奥さま？」

「ええ」

薫さんはすましています。服もいまいちだし、髪もぼさぼさなので、すましても手遅れかと思います。あっ、髪にごはんがひとつぶ付いてます。

ああ、もう！

「実はお願いがございまして」

田畑部長は正しいいずまいをさらに正して言いました。

「このままうちと継続してお仕事をしていただきたいと思い、契約書をお持ちしました」

横で矢部係長が鞄から契約書を出し、座卓の中央に置きました。

「ぜひ伊代太さんにお目通しいただき、サインをいただきたく！」

薫さんは契約書をちらちら見ながら、「わたくし主人の仕事については口出ししておりませんので」と言いました。

「システムの使用料がどうのこうの、というくらいは伺っています。女のわたくしにもわかるように説明してくださらない？」

田畑部長はうなずきました。

「たんぽぽホールディングというコンビニチェーンの商品管理システムをわが社が請け負っております。かなり大口のお客さんですし、丁寧にお仕事させていただいておりましたが、夏目店長の店舗だけ、オリジナルのシステムを開発し、売り上げをいっきに伸ばしているといううわさが耳に入りました。うちの営業が入手した情報でして。それはまだたんぽぽホールディング本社もつかんでいないレア情報です。もしそれが本当ならば、わが社は近々契約を切られます。われわれは夏目店長に頭をさげ、事実を確認しました。すると店長はこうおっしゃったのです。これ、うちの弟が作ったシステムなんですよと」

そのあとを矢部係長が引き継ぎます。

「夏目店長はとても良い方で、よかったらシステムをお見せしますよと、データをくれたんです！　信じられますか？　わたくしどもはさっそくそれを持ち帰り、分析した結果、わが社で開発したものの先をいくシステムだとわかりました。正直申しまして、夏目店長はこのシステムの価値をご存知なかったのではないでしょうか」

「失礼でしょう、矢部さん」

「いいえ、言わせてください。夏目店長にこのシステムをお借りできないかと申しましたら、どうぞとおっしゃいます。気に入ってくれたらうれしいと言うのです。そんな、庭でできたさつまいもを人にあげるような気軽さで、このシステムをどうぞと言われましても！」

「言い過ぎです、矢部さん。とにかくわたくしどもは使用料をお支払いするというお約束をしました。たんぽぽホールディングには内緒にしてもらい、それをわが社が開発したシステムとしてたんぽぽホールディング本社に提供し、その利益の十パーセントを夏目店長にお支払いすることで、今までやってきたのです」

薫さんは「たった十パーセントですか」と言いました。

「ごもっともです。欲をかいたバチはちゃんと当たりました。システムは時が経てば不具合が生まれます。その修復はすべて弟の伊代太さんにお願いしてきました。しかしわたくしどもは使用料しか払っていませんでした。連絡はすべてメールでやりとりしていました。伊代太さんにはお会いしたことはありません」

「もうすっかり伊代太さんとのお仕事になっていたので、夏目店長は弟さんの働きをご存知なかったかもしれません。夏目店長が亡くなって一ヵ月ほど経った頃、弟の伊代太さんから、教習所に通うので、しばらく修復作業はできないと連絡が入りました」

「われわれは真っ青になりました。この世界は一分一秒を争うスピードレースです。しばらくできないなんて、しばらくって、一日ですか？　一週間ですか？　それとも一ヵ月？　全くもって困ります。重ねてお願いしても、ほかにも学校関連の事務処理の仕事があるとかで、無理だと言うのです」

「教習所とか、学校などとおっしゃって。おそらくシステムの仕事を受け負ったんですね。伊代太さんの才能に目を付けたよそのシステム会社が伊代太さんと顧問契約したのかもしれません」

「奥さま、こんどこそわれわれは誠意をお見せします。精一杯の金額を払います。うちと単独で業務委託契約を結んでください」

部長さんと係長さんはそろって頭を下げました。

薫さんは腕組みをして、「まあ、そういうことなら」とおもむろに契約書を手に取り、「主人に話すだけ話してみますけど、期待はしないでくださいね」と眉根をよせました。

「彼は彼なりに考えがあってお仕事を選んでいるのですから、妻のわたくしの助言など、意味がないかもしれませんけど」

SN企画のふたりは、畳におでこをくっつけて「そこをなんとか、お願いします」をくり返しました。

SN企画が帰ったあと、薫さんは鼻歌を歌いながらホットミルクをいれ、チョコレートを食べ始めました。SN企画が持って来た高級チョコレートです。どんどん食べてます。こんなに、いいのでしょうか？　食べ過ぎですよ。

それにしてもSN企画の話には驚きました。

伊代太、できない時はできないと言えるんですね。ひとすじの光明を見たように思いますが、「いいよ」と言う時は「できる」と思っているわけで、そうなると喫茶ポーで雅子ちゃんが言っていた「女が告白するとすべて受け入れる」「二人でも三人でも」「バレンタインに七人がはち合わせ」は、複数の女性とつきあうことが「できる」と思っていたわけで、女心が全くわかっておらず、おろかなことですね。まあ当時は十代でしたから、若気のいたりとして許しましょう。

夕方になると、伊代太が帰宅しました。今日は青い顔はしておらず、重たい袋を持っています。玄米を買ってきたようです。

薫さんはおかえりも言わず、「免許、どれくらいで取れそう？」と尋ねました。

伊代太は「やっと軌道に乗ってきました。でも出産には間に合わないかもしれません」と答えました。

「なんでそんなに時間がかかるわけ？」

「わからない」

伊代太は頭を傾けてぼそっと言いました。本当にわからないのでしょう。

薫さんは「免許はもういい」と契約書を渡しました。

「明日からこの仕事をしたら？」

伊代太は契約書を見ています。

薫さんは偉そうにアドバイスします。

「ま、金額はそれでいいんじゃない？　でも更新期間はもっと短いほうがいいと思う」

伊代太は不思議そうな顔で言いました。

「車は、いいのですか」

「タクシー使うから」

「わかりました」

伊代太は納得したようで、マグネットで契約書を冷蔵庫のドアにはりつけました。

それから腕まくりをし、玄米を水に浸けました。

# 第四章　苺

堀雅子は喫茶ポーで漫画を読んでいる。

二杯目の珈琲はすっかり冷めてしまった。灰皿は吸い殻でいっぱいだ。さすがに吸い過ぎて、気持ちが悪い。

顔を上げると、店内はオレンジ色だ。明かり取りの窓から西日が射し込んでいる。本棚のてっぺんで、黒猫が背中を丸めて目をつぶっている。夢でも見ているのか、しっぽだけがぱたぱたと、規則正しく揺れている。

帰国して二ヵ月が過ぎた。国際医療支援団体には体調不良を理由に休職願いを出している。

親は初めのうち娘の帰国を喜んでいたが、今では「いつまでいるつもり?」と毎晩のように聞かれる。すっかりやっかいもの扱いで、自宅は居心地悪く、逃げ込んだ先がここ、喫茶ポーだ。

もうすぐ三十にもなる娘が、仕事もせず、夢も語らず、結婚の予定もない。日本に留まるはっきりとした理由を嘘でもいいから言えればよいのだが、雅子の心には「なんとなく戻りたくない」というあやふやな気持ちしかなく、嘘を考えるのも面倒くさい。

仕事の失敗は、初めてではない。いつもさらにがんばることで乗り越えてきた。ところが今回はなかなかに難しい。

薬の焼却処分。空へ立ち上る黒煙、焦げた匂い。すべてが昨日のことのように思い出される。

幼馴染みの太一郎の死や、伊代太の結婚も雅子には打撃だった。

夏目家は雅子にとってふるさとであり、あのふたりがあそこにいる事が、セーフティネットになっていたのだ。海外で自由に飛び回れるのも、彼らが変わらずにいたからだと今では思う。振り返ると、帰国するたびに実家より先に夏目家に寄っていた。

太一郎はいつもにこにこ、「雅子ちゃんは偉いね。人のために働くなんて」と感心してくれたし、そう言われるたびに「わたしって偉いんだ」と、自分の存在を肯定できた。

太一郎は個性的な弟たちといて、自分の凡庸さをわきまえており、人に感心することが上手にできる人だった。男として魅力を感じたことはないが、一緒にいると心地よかった。死ぬ前にアタックして、結婚しておけばよかったと思ったりもする。そうすれば今は未亡人として、夏目家に居座っていられる。家族からも正々堂々、同情されるというものだ。

そして伊代太。

みんなのイーヨくんだったのに、結婚して「みんなの」ではなくなった。

あの奇妙な嫁さえいなければ！

イーヨくんをあっちこっちに引っ張り回して、日本での空白を埋めることができるのに。

雅子は日々いらいらがつのる。

あのふたり、離婚すればいいのに。イーヨくんは結婚してはいけないのだ。みんなの家来なのだから。

小腹がすいた。読みかけの漫画をテーブルに置き、片手を挙げた。客は雅子だけなので、ウエイターはすぐに気付いて近づいて来た。

サンドイッチを注文するはずだったのに、口から出たのは意外な言葉だった。

「あそこにアルバイト募集って書いてありますけど」

カウンターの端の小さな貼り紙を指差す。

「ドアの外じゃなくて、店内だと、ひと目に触れないいんじゃないですか」

さきほどから気になってはいたが、まさかこんなにはっきり指摘するとは。自分でも不思議だ。ニコチン過剰摂取で神経がどうかしてしまったのかもしれない。

雅子の質問にウエイターは顔をほころばせた。

ウエイターと言っても七十はゆうに過ぎた年寄りだ。いかにも好々爺（こうこうや）という風情で、にこにこ笑いながら意外なことを言う。

「わたしはあれを見て名乗り出たんですよ」

「あなたが？」

「長年客としてここに通っていたのです。毎日です。一日一杯、四百五十円。年金も心細くなりましてね、あれを見て、毎日ここで珈琲代払うより、同じ通うならお金をもらうって法があるじゃないかと目からウロコでしてね」

払うよりもらう。なるほどと雅子は思う。

ウエイターは退屈なのか、よどみなく話す。

「この店の珈琲が好きで通い始めたのですが、だんだん、この空間そのものに愛着がわいてきましてね。居心地いいでしょう？　あの黒猫、名前はエドガー十一世と言うんです」

雅子は本棚の上を見た。黒猫にエドガーという名前はよく似合う。

「じゃあ、もう募集は終わったんですか」

「いいえ、まだ募集中ですよ。だから貼ってあるんです。力仕事もあるんでね、店長は若い人を雇いたいそうですよ。すでにアルバイトは三人いるのですが、学生だったり、劇団員だったりで、みんな忙しいから店のタイムテーブルが埋まらないんですよ。あと一人欲しいって言ってました。わたしはね、補欠です。その一人が見つかるまでならどうぞと言われて、仮に働かせてもらっているのです」

雅子はそれを聞いて店長に興味を持った。

本気で人を雇う気がないのではないか。人を雇う必要を感じながらも、先延ばしにするため、あんな消極的な貼り紙をしているのではないかしら。

問題解決を先延ばしにする。自分と同じだと雅子は思う。

「悪いけど、応募してもいいかしら」

ウエイターはにこにこしながら「どうぞどうぞ、遠慮なさらず。あなただったらぴったりだ。店長も喜ぶよ」とうけあった。

「あの、あなたはどうなります？」

「わたしはクビになるでしょうね。そしたらまた客としてきますよ。立っているのもしんどいので、そろそろ客に戻りたいところでしたしね。ちょっと待っててくださいよ。店長に話してきます」

ウエイターは奥へ引っ込んだ。

待つ間、黒猫を見上げて「エドガー十一世」と呼んでみた。

黒猫は目を開け、雅子を黄色い目で見下ろしたものの、にゃあと答えるでもなく、再び目をつぶった。

なぜここでアルバイトをする気になったのか、自分でもよくわからない。けど、実家でぶらぶらしているよりはましだろう。バイトしながら、元の職場へ戻るか、別の仕事を探すか、じっくり考えよう。問題解決を先延ばしにする最良の方法だ。

しばらくしてスタッフルームに呼ばれた雅子は、店長の顔を見て衝撃を受けた。

「四郎！」

夏目家の四男・四郎は、湯気の立つおしぼりの山の前に立ち、手を真っ赤にしながら一枚一枚丁寧に畳んでいる。

作業の合間にちらっと雅子を見ると、「お前か」と言った。

雅子は信じられない気持ちで四郎をまじまじと見る。がっちりとした肩、四角い顔、浅黒い皮膚、濃い髭（ひげ）が分厚い唇を囲んでいる。

面影は残っているが、変わった。

まずは雅子と同い年には見えない。三十どころか四十五という感じ。風雪に耐えた石、のようなたたずまいだ。

「いつ帰って来たの？」

「いつって、どこから？」

四郎は作業をやめない。

「青い蝶を探しに行くって言ったじゃない」

「ああ、大昔」

「十年前よ！　大学途中で放り出して！　みんな心配したんだよ」

石だから返事をしない。

「たいっちゃんは、青い蝶ならカンボジアじゃないかって日本大使館に問い合わせたし」

「あいかわらずばかだな、太一兄貴は」

「志賀の伯父さんは三年間大学の授業料払い続けたし、いつでも送金できるから、連絡あったら教えろって純二兄さんに言い聞かせて。海外で災害や事故があるたび、みんなで日本人の被害者名に四郎を探して」

「三年であきらめたろ？」

雅子はつばを飲み込んだ。たしかにそうだ。

この十年の間に、純二は教師になり、結婚もし、子どももできた。京三郎は医者になったし、太一郎は職を転々としてようやくコンビニ店長に落ち着き、伊代太はニートになってみんなをがっかりさせた。

正直、四郎のことはここ数年誰も気にかけなかった。太一郎の葬儀でさえ、四郎がいないことをみな自然なことと受け止めていたに違いない。

あの女の出現は強烈だから、みなそちらのほうに気を取られていただろう。

「たいっちゃんが亡くなったのは知ってる？」

四郎はうなずいた。

「ここにはいつから？」

「出ようとは思ったんだよ」

四郎は作業をやめ、椅子に座った。

「兄貴が死んだと知って、葬儀に出ようとして、だけど顔を出しづらくて、近所をうろうろしているうちにこの店に入った」

「二ヵ月前ね」

「そしたらアルバイト募集の貼り紙があって」

「今もあるやつ？」

「うん、そう」

「何時間もいたんだね。そうじゃなきゃあんな小さな貼り紙、気付かない」

「まあね」

「葬儀に出ずに、アルバイトに応募したの？」

石はうなずいた。

「現実逃避ね」

「お前もでしょ」

雅子は痛いところをつかれて黙った。それからしばらく無言の時間が流れた。

やがて四郎は労るように「珈琲飲む？」と言った。

雅子はおやっと思った。

四郎は変わった。

常に攻撃的で自己主張ばかりしていた夏目家の四男も大人になった。雅子はすでに珈琲を二杯飲んでおり、お腹がだぼだぼだったけど、「うん」と言った。

四郎はスタッフルームを出て行った。店のサイフォンで、珈琲をいれ始めたようだ。

まだ慣れてないようで、バイトの老人から細かく口を出されているのが聞こえて来る。

あのわんぱく小僧が雅子のために飲み物を作るだなんて、人生って面白いと雅子は思った。少しだけど人生への好奇心が戻ってきたような気がする。

しばらくして四郎は珈琲を運んで来た。よい香りに、雅子は芯から心が落ち着くのを感じる。

「オーナーからどうせなら店長やってみないかと言われたんだ」

「いきなり来た男を店長に雇うなんて、ずいぶん変わったオーナーだね」

「この店の客の中から、バイトを選びたいんだって。だから募集広告は店の外じゃなくて中に貼ってある」

「そういう理由なの」

「面接は珈琲飲んでるときから始まってるんだぜ」

「へえ？」

「お前も合格らしいぞ」

「え？」

「さっきのじいさん、オーナーだから」

雅子は驚いた。オーナー？

ならばちょっと交わした会話も、面接試験だったんだ。わたしのどこを見て、合格と決めたのだろう？　煙草の吸いっぷり？

四郎は雇われの身とは言え店長だから、店の説明を始めた。

「日本ってカフェブームだったんだって？　禁煙でセルフサービスで甘ったるい、デザートみたいな珈琲を出す店がはやって、この喫茶店、経営がやばくなったらしい。オーナーは大事にしていた江戸川乱歩の蔵書を少しずつ売って、しのいだらしい。今ある漫画は馴染み客からの差し入れ本がほとんどで、かなり価値のあるものも混ざってるんだぜ。それでも盗まれたことはないって話だ。今はそれなりに客が来る。珈琲飲みながら煙草が吸えるし、漫画読みながら長居できるし、行き場のない人間がそこそこ来てる」

雅子は言い当てられてくやしかった。そう、自分は行き場が無い。

喫茶ポーは、そんな人間に優しい空間だ。オーナーと猫だけが腹をくってここを終(つい)の住処(すみか)と決め、だから堂々としているんだ。

「たいっちゃんの死は、どうやって知ったの？」

「京三郎から」

四郎は珈琲をひとくち飲み、顔をしかめた。うまくいれられなかったようだ。

雅子は部屋を見回した。

スタッフルームの壁には『禁煙』と貼り紙がある。店内は喫煙可だけど、ここではだめらしい。棚には蝶の写真集がある。四郎はここにいるんだと雅子はあらためて実感した。

「なんで青い蝶なのよ」

四郎は微笑んだ。そして自分の記憶をたどるように、今までのことを話し始めた。

十九歳の夏、青い蝶を探すと言い捨て、夏目家を出た。なぜ青い蝶なのか、今では思い出せない。絵はがきで見た、それくらいの理由じゃないかと思う。

実際に北アメリカから南アメリカまで蝶を求めて放浪した。

「病気や怪我でなんども死にかけた」というのは、大げさでないだろう。しかし蝶探しは一年で飽きた。あとは絵を描いたり、バイトしたり、時には怪しい組織の使い走りをしながら、ロサンゼルス界隈(かいわい)で数年暮らし、その後どうにも食えなくなって京三郎に連絡し、内緒で金を送ってもらっていたと言う。

「なんで京ちゃんなの」

「太一郎は律儀に志賀の伯父さんに通報するだろうし、純二は何かとガシガシ決めつけるし、京三郎しかないだろ」

言われてみればそうだ。しかし弟の伊代太は？　頭数に入ってないのかしら。

「ここ二年は沖縄にいたけど、二ヵ月前からここの二階に住み込んでる」

「こんな近くにいて、なぜ帰ってこないの？」

四郎は黙った。

「会いたくない人がいるの？」

四郎は黙ったままだ。

「伯父さん？」

四郎は首を横に振った。

雅子は四郎を夏目家に戻らせたい。そうすれば自分のふるさとが再生されるような気がする。

「今はおたく、イーヨくんしかいないよ。変なお嫁さんがいるけど、夏目家の人間はイーヨくんだけだから、帰ればいい。伯父さんも丸くなったよ」

四郎は「伊代太か」と言って、また黙り込んだ。

どこからか、三毛猫が入ってきた。四郎の膝に乗り、大あくびをする。四郎は猫には好かれるようだ。そういえば昔から、かぶと虫を育てたり、とかげを飼ったりしていたっけ。生き物が好きで、絵を描くのが好きで、ふざけるのが好きで、よく先生から怒られていた。思えば、夏目家五人兄弟の中で、一番男の子らしい子どもだった。

「本棚にいた黒猫、エドガー十一世だってね。その子はアラン？」

「アラン四世。めすなんだけどね」

アラン四世のあごをなでながら、四郎はぼそっとつぶやいた。

「4って、半端な数字だと思わないか」

「半端じゃないよ。きっちり割り切れる」

「個性がないみたいで、嫌だったな俺」

「四男は辛い？」

四郎は「さあて」と言って首を傾げた。何か言いかけてやめ、しばらくの沈黙のあと、自虐的にふふんと笑った。

「長男でも次男でも三男でも、俺はきっと文句を言う。そういう人間なんだよ」

雅子はあれっと思った。五男には触れない。さっきも伊代太を頭数に入れなかったし、四郎が会いたくないのはひょっとすると、伊代太なのだろうか。

　珈琲は苦い。けど、まずくはない。あと二ヵ月もすれば、もっとおいしくなるかもしれないと雅子は思う。

　四郎はアラン四世の耳をさわりながら言った。

「あいつ……」

「え?」

「一度だけらしくないことをしただろ?」

「あいつって?」

「伊代太」

　やっと五男の話が出た。忘れたわけではなかったんだ。

「ひょっとしてあのこと?　学校のガラス、割っちゃった事件?」

「そう。あれ、雅子はどう思う?」

「どうって……」

　ずいぶん昔のことで、雅子は記憶をたぐり寄せるのに時間がかかった。

「たしか伯父さんは思ったより寛大で、許したよね。思春期の男の子だからって飲み込んでた気がする。伯母さんは飲み込めなくて、なんでなんでっていつまでも泣いてたよね」

　雅子はだんだんと思い出してきた。

「エリート校だから、即退学になったよね。まあ、本人が認めたから、しかたないんだけど、わたしは違うと思った。あれはたぶん、イーヨくんじゃないよ。犯人は別にいて、イーヨくんに罪をかぶせたんだと思うな」

「鋭いね、雅子」

「え？」

「あれ、俺だから」

　四郎はまっすぐな目で雅子を見ている。

「何言ってるの？」

「俺が犯人」

　雅子は頭の中が真っ白になった。

　当時、雅子は高校三年で、受験勉強に励んでいた。四郎は別の高校の三年で、絵が得意だから美術系の大学を受けると言っていた。

　伊代太は少し遠くの一流進学校に通っていた。あれは伊代太の高校での事件で、四郎とは結びつかない。考えられない。

「当時、悪い仲間とつるんでて、そいつらが、エリートの奴らを驚かせてやる、窓ガラス割ってやる、って言うんだ。俺も受験勉強でくさくさしてたから、よしやろう、どこをやるって、盛り上がって、仲間のひとりが伊代太が通ってる高校を挙げたんだ。俺、弟がいるからそこはちょっとまずいと言ったら、イーヨくんだろ、連れてこいよ、罪を着てもらおうぜってことになって」

「なによそれ」

「まあ、聞けよ。俺、朝早く伊代太を起こして、お前の学校に行くぞと言って、何も説明せずに連れて行ったんだ。あいつはほら、素直だから質問もせずに従ったよ。まず仲間がバットで窓ガラスを割った。俺、びっくりした。それまで半信半疑だったんだ。割れたガラス見て、すげえびびった。窓ガラス割ってやる、って叫ぶのと、実際割るのとは全然違うんだ。バットを渡されたんだけど、勇気が出なくてぐずぐずしてたら、お前もやるんだ、って仲間が言った。目がギラギラしてて、あとには引けないと思った。やらないとやられる、それくらい暴力的な空気があったんだ。両手でバットを握った。手が震えた。夏目、今だ、やれ！　と仲間が叫んで、そしたら俺の隣にいた伊代太がいきなり素手でガラスを割ったんだ。あいつの白い手の甲から、すげえ血が吹き出して……」

四郎は辛そうに目をつぶった。目をつぶったまま、最後までしゃべった。

「割れたガラスが真っ赤に染まった。その瞬間、キャーッて、登校してきた女子の叫び声が聞こえて……俺たちは逃げた」

雅子は当時がリアルに甦った。

志賀の伯母さんの泣き顔。伯父さんはそばで必死にこらえていたけど、顔色が悪かった。

伊代太は優秀なのにひどく頼りないところがあった。線が細く、一番歳が若いというのもあるし、伯母さんたちはとてもかわいがっていた。いつか養子にと伯母さんたちが話しているのを聞いたこともある。

だから、伊代太がこんなに乱暴な事件を起こすなんて、ひどくびっくりしただろうし、退学になったのも、ショックだったようで、伯母さんは白髪がごそっと増えた。

雅子は高三で、自分の将来で頭がいっぱいだった。四郎が当時どういう顔をしてこの騒ぎを過ごしていたのか、ぽっかりと記憶がない。

たしか四郎はそのあと浪人もせず、美術系の大学に進み、順調そうに見えた。「青い蝶を探しに行く」と言うまでは。

「あいつ、俺らのことを人に言わずに、罪を背負って退学して、その後もなにごともなかったように、平気でうちで飯食ってた。俺、すげえ、怖かった。あんないい高校、やめてもこたえてないようで、俺が美大に受かったら、しれっとおめでとうって言うし、不気味なんだよ。それでもある日、兄ちゃん、ちょっといいかなって言うから、俺、覚悟してあいつと向き合った。そしたら、今度の日曜、伯父さんと釣りに行くけど、兄ちゃんも行く？ って聞くんだ。俺、行かない、と言った。それから俺、あいつから逃げた」

四郎はやっとこれらのことが言えて胸のつかえがとれたのだろうか。どこかほっとしたような顔をしている。

「なあ、雅子。あいつって、人に罪悪感を与えると思わない？」

四郎の言葉に、雅子は過去を振り返ってみた。

雅子だって伊代太にあれこれと頼んだことがある。夏休みの朝顔の観察日記を伊代太に書かせた。延滞した図書館の本を返却してきてもらった。学校の飼育当番を代わってもらった。

そうだ、こんなこともあった。

雅子がうちで飼っていたセキセイインコのプーコ。伊代太もときどき見に来て、ふたりでプーコを肩にのせて遊んだ。プーコは「イーヨクン」と発音できた。「マサコヒ」は発音できなかった。頭に来て「プーコのバーカ」となじった。すると「バーカ」を覚えてしまった。「イーヨクン、バーカ」と言うようになり、雅子は愉快だった。

ある日、プーコはカゴの中で冷たくなっていた。あんなにかわいがっていたのに、死んだとたん、気味の悪いものに思えた。

怖くなって伊代太を呼んだ。伊代太は死んだプーコを見て、まばたきをくり返した。「お墓を作って」と頼むと、伊代太はためらうことなくプーコを手に取り、両手でそっと包んで、夏目家の庭へ運んだ。雅子は後ろから震えながら付いて行った。頼んだのは自分だけど、よくさわれるなと思った記憶がある。

伊代太は夏目家の裏庭に穴を掘り、プーコを埋めた。ふたりでアイスクリームの棒を立てた。その後何日かして見に行くと、棒に『プーコのはか』と書いてあった。

伊代太八歳、雅子十歳。おばさんが亡くなって一年後の出来事だ。

そこまで思い出して、雅子はどきっとした。帰国した日に目にした裏庭の黒い石。美しい形でつるつるで、光っていた。

あれはまさか、プーコの墓石？

伊代太……。

雅子は胸が痛くなった。

みんな過去を忘れて前へ進むのに、伊代太だけあの家に留まって、過去と暮らしているのだろうか。ひょっとして、帰ってこないおかあさんをまだ待っている？

雅子はすぐに打ち消した。「そこまであいつは馬鹿じゃない」

とにかく雅子は、今まで伊代太に何をしてもらっても、罪悪感など持ったことがない。だって伊代太はイーヨくんで、家来だからだ。いつも下にいて、機嫌の波がなく、おだやか。それが雅子のイメージの中の伊代太だ。

しかし、もしガラスを割る事件の責任を負わせ、退学に追い込んだとしたら、どうだろう？

さすがに罪悪感を持つかもしれない。

罪悪感。

雅子のような仕事をしていると、それは行動の動機にもなるし、ネックにもなる。雅子にとってはあの時の黒煙。あれが罪悪感の象徴で、前へ進めなくなった。

世界中にいろんな形の罪悪感がある。色も違う。持ち方も人それぞれ。ありすぎてもなさすぎても困る。罪悪感は人類において深遠なるテーマだ。

雅子が考え込んでいると、四郎は言った。

「ガラスだけじゃないよ。すべてにおいてさ。俺、あいつといると、やりきれないんだよ」

雅子は考えがまとまらず、言葉を探した。まとまらないまま、思ったことを言ってみた。

「罪悪感は、嫌なものだけどさ、持てる人間は、そう悪くないやつだと思うよ」

「悪くない？」

四郎はすがるような目をした。

「悪いよ、四郎は悪い。でも救いようがないほどには悪くない」

「悪くない？」

「悪いよ」

ふたりは同時にはじけるように笑い、アラン四世はびっくりして逃げ出した。

雅子は四郎がいれた珈琲を飲み切った。おいしいと思えた。

「今ふっと思い出したんだけど。わたしたちが幼稚園に通ってた頃さ」

「なんだよ」

「四郎、黄色いセーターを着てたんだ。覚えてない？」

「そんなの覚えてないよ」

「おばさんの手編みだった。伊代太がまだよちよち歩きで、おばさんたいへんそうで、わたしたち、ちょっと寂しかったじゃない。だから、なんか印象的だったんだよね。おばさんあんなに忙しいのに、四郎のこともちゃんと頭にあって、手をかけてるんだなって」

「美談かよ」

「そのセーターの胸のとこ、ここに何かこう、青い模様が編み込んであったんだ。あれ、蝶じゃなかった？」

四郎は顔をこわばらせた。思い詰めたような目をして、思い出そうとしているようだ。

「わたしもはっきりとは覚えてないんだけど。そうよ、そう。はじめはリボンに見えたんだ。でも男の子にリボンって変だから、気になったんだよね。あれ、青い蝶だったような気がする。ほら、四郎は虫が好きだったからさ、おばさんが蝶を編み込んでくれたんじゃないかな」

四郎の顔はみるみる紅潮した。

「そんな小さな頃の服、思い出せないよね。四郎はほんとに忘れてたと思うよ。でもどこか潜在意識に残っててさ、だから、青い蝶を探しに行ったんじゃない？　四郎にとって青い蝶はおかあさんなんだよ。四郎はおかあさんを探しに行ったんだよ」

結局、雅子は喫茶ポーで働くことはなかった。

元の職場に復帰する旨を伝え、一週間後には日本を発った。

飛行機の中で、雅子はふるさとを思った。四郎が働く喫茶ポーが、新しいふるさとだ。ずっとここにいると四郎は言った。帰国するたびに顔を出すと雅子は約束した。

夏目家へ戻れとは言わなかった。

四郎はいつか伊代太に会いに行くだろうか。「あのときはごめんな」と言える日が来るだろうか。

雅子は窓際の窮屈な席で、四郎にもらった青い蝶の写真を見ていた。

自分で撮った唯一の写真だそうだ。「青い蝶を探しに行く」と言って、十年間家を空け、収穫はこの一枚だけというのが、悲しいような、清々しいような、あいつらしさを感じる。

雅子はあらためて心に誓う。

苺のことだけは、誰にも言うまい。

二十年前の伊代太の誕生日。

朝から雨が降っていた。雅子は小学校から直接夏目家へ帰った。玄関に入ったとたん、いい匂いがした。おばさんがキッチンでケーキを焼いていた。

「伊代太の七歳のお祝いなの」

おばさんははりきっていた。

ボウルにいっぱいの赤い苺が目にあざやかだったのを覚えている。

雅子は「手伝う」と言って、おばさんと並んで、苺のへたをとる作業をした。甘い香りが漂っていて、上等な苺だとわかった。

すべてのへたを取ると、「味見ね」とおばさんは、苺をひとつかじらせてくれた。雅子の歯型がついた苺をおばさんは自分の口に入れ、「いい苺ね」と満足そうに笑った。

焼き上がったケーキをおばさんが上下に切り分けていたときだ。

「四郎！」とおばさんは叫んだ。

見ると、四郎がボウルを抱えて苺を食べている。

「それは」とおばさんが言いかけると、四郎はおどけたようにボウルを逆さにしてみせた。雅子ののどから「きゃっ」と悲鳴が出た。

でも苺は落ちてこなかった。四郎が全部食べてしまったのだ。

おばさんは怒らなかった。ただ、とても残念そうな顔をしていた。四郎は肩透かしだったようで、ちょっと困ったような顔をして、二階へ上がってしまった。

おばさんはそれからどこかへ電話をかけていた。ケーキは切りかけのまま放置され、生クリームを泡立てる作業もまだだった。

やがてしつこく降っていた雨が上がった。

「もううちに帰る」

雅子がランドセルを背負うと、おばさんは「一緒にそこまで行くわ」と言った。

門の前のくぼみに水たまりができていて、おばさんは気付かずに片足をつっこんでしまった。おばさんの白い布製の靴が濡れた。おばさんは行くのをやめるかと思ったけど、濡れた靴のまま道を歩いていた。ぎゅっぎゅっと不快な音がした。

雅子は右へ、おばさんは左へと別れるとき、「明日も遊びに来てね」とおばさんは言った。

「今からどこへ行くの？」と聞くと、「苺を買いに行くの。すぐに戻るから、みんなには内緒ね」と言った。

おばさんはそれきり夏目家に戻って来なかった。

雅子は「内緒ね」の約束をずっと守っている。

おばさんの内緒はあたたかい。苺を食べた四郎にも、誕生日の伊代太にも、罪悪感を持たせないようにするための「内緒ね」だ。

大橋を渡って果物屋さんまで行かせた罪だったのが、命を奪うほどの大罪になってしまった。

伊代太の誕生日じゃなかったら。

四郎が苺を食べなかったら。

雨がやまなかったら。

おばさんはあの事故に巻き込まれることはなかった。

雅子は一生このことを口にしないつもりだ。

おばさんがそれを望んでいると思うから。

飛行機の小さな窓から雲を見下ろした。そこにドーナツみたいな丸い虹が見える。

「雅子ちゃん、正解」

おばさんの声が聞こえたような気がした。

あらあら、もうすぐ年が暮れるというのに、薫さんは大掃除もせず、正月の準備など全く意に介さないようで、テレビのワイドショーを見たり、伊代太に買ってこさせた雑誌を眺めて、呑気に過ごしています。それでも時々は思い出したように、ラマーズ法を復習したりしています。

つかみどころのないお嫁さんですが、おかあさんになる覚悟は本物のようです。

十二月も二十九日になりました。

お昼過ぎ、薫さんは伊代太にタクシーを呼ぶように命じました。そう、彼女はいつも命令します。

いつもと違うのは、薫さんのたたずまい。本日は髪を綺麗にまとめて、と言っても、ゴムでひとつに結んでいるだけですが、これまでを思えば画期的です。さらに、赤い口紅までひいています。

結婚式でもお化粧しなかったのに、どうしたことでしょう?

妊婦服ではありますが、シックな紺色のニットのワンピースを着ています。何日か前に病院の帰りに買って来たものらしく、おニューです。白い肌にとてもよく似合っています。

お腹は臨月間近でぱんぱんですが、最近胃が圧迫されて食欲がないようで、玄米のダイエット効果も出たのか、首から胸のあたりの肉がやや落ちて、こう言ってはなんですが、少しはマシになったというか、上品な色気もかすかに見え、磨きようによっては、彼女はまああの仲間入りができるのではないかと、ふと希望を持ったりします。

息子の嫁は美しすぎると嫌味ですが、あまりに冴えないとそれはそれで寂しいものです。

伊代太が電話をかけて七分後、タクシーは到着しました。

薫さんはピンクのポシェットを斜めがけにして、いつものベージュのダウンコートを羽織り、乗り込みました。それからふと思いついたように、伊代太にも一緒に来るように命じました。

車、乗れるの?

伊代太はためらいました。

激しくまばたきをしたあと、「少し待っててください」と言い、家に戻りました。ギシギシ、バタバタ、戸締まりの音が聞こえます。しばらくすると、酔い止め薬を口に放り込みながら、玄関から出てきました。口をきゅっと結び、覚悟を決めたように、薫さんの隣に乗り込みます。

お正月の買い出しに行くのでしょうか?

薫さんは運転手に「府中刑務所」と言いました。

どきっとしました。伊代太も驚いたようです。目をぱちくりしています。わたしも伊代太も薫さんに驚かされるのには慣れていますが、さすがに刑務所とは、どういうことでしょう?

「今日は道路が混んでますよ。上を行きますか?」

運転手の問いに、薫さんは「下を行ってください」と言いました。

環状線はやはり渋滞で、車は遅々として進みません。

伊代太は最初青い顔をしていましたが、薬が効いたのか、だんだん楽になっていくようでした。薫さんは何度かコンビニに寄り、トイレを借りました。ただで借りるのが悪いと思うのでしょう、そのたびにガムや飴を買ってきます。買ったものはすぐに自分の口に入れ、伊代太に分けてあげることはしません。

三軒目で薫さんは、苺のパックをひとつ抱えて車に戻りました。

車内は苺のあまずっぱい匂いに包まれます。

「コンビニで苺も売ってるんですね」と運転手は言いました。「バナナは買ったことあるけど、苺もあるんだな」と、しきりに感心しています。

薫さんは何も言いません。

喫茶ポーでケーキを選ぶ時、苺を避けている風に見えましたが、わざわざこんな時に買うなんて、嫌いというわけではないようです。

苺は小粒で、かわいそうに、傷みかかっています。わたしだったらこの程度の苺はたっぷりのお砂糖で煮詰めてジャムにしますよ。だいいち、果物のようなデリケートなものをコンビニエンスストアで買うなんて、いったいどういう神経でしょう？　わたしには考えられないことです。

さて、府中刑務所に着きました。

薫さんは苺を抱えてさっさと先を歩きます。伊代太はタクシー代を払い、薫さんを追いかけました。

入り口には制服を着た人がいます。薫さんは「面会に来たんだけど」とぶっきらぼうに言いました。制服を着た人は、ちらちらと苺を見ながら、「初めてですか」と尋ねます。薫さんは「初めてです」と答えました。

制服の人は「受付はあちらで」と、建物の入り口を指差しました。薫さんがお礼も言わずに歩き出すと、制服の人は「外部からの食べ物の差し入れはできない規則ですよ」と気の毒そうに言いました。

薫さんは立ち止まって、苺を見ました。それを伊代太に持たせると、無言で歩いて行きました。

古い建物です。昔の保健所みたいなたたずまいです。

薫さんは受付で面会の申し込み用紙に必要事項を記入すると、番号札を貰い、指示された待合室に行きました。本当に初めてのようで、係の人にあれこれ尋ねながら、行動しています。人にものを尋ねる際の礼儀を知らないようで、「これは？」とか「どこ？」とかストレートに聞くのでひやひやします。せめて「すみませんが」と頭に付けて欲しいものです。願わくば「ありがとう」も付け足して欲しいです。

伊代太は黙ってついていきます。妻になり代わり、「ありがとう」くらい言いなさい。躾(しつ)けがなっていません。親の責任ですね、ごめんなさい。

そこは小学校の教室をふたつ合わせたくらいの広さで、くたびれた灰色の長椅子が縦にも横にも置いてあり、混んだ病院みたいに満席でしたが、薫さんが入室すると、小さな男の子がぴょこんと立ち、「どうぞ」と席を譲ってくれました。

薫さんは「どーも」と言ってどすりと座りました。

ここは社会のルールを逸脱した人間が入る施設なのに、待合室は電車の中よりも道徳的な空気が流れているようです。たしか、面会できるのって、家族とか、よほど近しい人だけですよね？　受刑者の罪を少しでもぬぐおうと、近親者が精一杯清く正しく行動しているのかもしれません。

伊代太は苺を抱えて部屋の隅に立っていました。

三十分に一度くらいの間隔で、番号が呼ばれます。そのたびに人が出て行くので、席はちらほら空いてきました。でも伊代太は座りませんでした。

薫さんは退屈しのぎに壁の貼り紙を見つめています。

『大きな声はつつしみましょう』とか『次の面会日は一月五日からです』とか『ここで飲食しないでください』と書いてあります。

薫さんは身寄りがないと言ってました。こんなところに近親者がいるなんて、想像もしませんでした。おとうさんでしょうか。おかあさんでしょうか。

「百五十四番！」

係員の声に、薫さんは立ち上がりました。係員の指示で手荷物はロッカーに入れさせられました。伊代太は薫さんのポシェットの上に苺をそっと置きました。

係員の誘導で、ふたりは金属探知機をくぐり、そのあと、長い廊下を歩いて行きました。

リノリウムの床に、きゅっきゅっとふたりの足音が響きます。

それにしても廊下は長い。どこかよその国につながってるのかと思うほどです。九ヵ月の体でこんなに歩くのはしんどいことでしょう。だいじょうぶかしら？　産気づいたらどうしましょう？

薫さんの理屈でいけば、もしここで生まれても、赤ちゃんの肺はじゅうぶんできていて、それほど危険はないでしょう。でも生まれたのが刑務所の廊下というのは、いかがなものでしょう？　などと気を揉んでいるうちに面会室に着きました。

ふたりはそろって中へ入ります。

のっぺらぼうな部屋で、壁は落ち着いた緑色です。むこうとこちらは透き通ったアクリル板で仕切られており、まだ誰もいません。

薫さんは椅子に座りました。伊代太は突っ立っていましたが、「座りなよ」と言われて、隣に座りました。

薫さんは心なしか青ざめた顔をして唇を真一文字に結び、むこうのドアをじっと見つめています。

伊代太は困ったように、自分の手を見ています。好奇心で覗き見してはいけないと思っているのでしょう。正確にデッサンできるくらいじっくりと手を観察しているうちに、ふいにドアが開き、男が現れました。

刑務官に伴われて静かに入ってきました。おとうさんには見えません。四十半ばくらいでしょうか、四角い額が知性を感じさせます。中肉中背、髪はみっしりと生えていて、白髪が交じっています。

男は薫さんの顔を見ながら、座りました。

しーんとしています。男も薫さんも無言です。ただ見つめ合っています。伊代太の手の観察は佳境(かきょう)に入っています。

刑務官が「あと十分」と言いました。

「何年か、決まった?」薫さんはやっと口を開きました。

「前があるからな」

男の声はハスキーでやや低く、落ち着いています。

「執行猶予(しっこうゆうよ)ついてたのが三年で、今度のが二年てとこらしい。足して五年になるかな」

このかた、前科まであるんですね。いったい何をしたのでしょう?

「控訴(こうそ)はしないの?」

「十年と言われても、しないね」

「どうして」

「めんどくさいからだよ」

「めんどくさいから五年延びてもいいの」

「いいよ」

それからふたりは再び黙り込みました。伊代太は手を見つめたままです。どんどん時間が流れます。

薫さんはふいに言いました。

「わたし、約束守ったよ」

すると男は笑顔になりました。

「そうか」

目尻に皺ができ、それが男の顔をやさしい感じに見せました。

「結婚したんだ」

薫さんは言いながら伊代太をちらっと見ました。伊代太はびくっとしたように、顔を上げました。男はその時初めて伊代太に気付いたようで、驚いたような目をして
「ずいぶん若いね」と言いました。

薫さんはゆっくりと立ち上がり、大きなお腹を見せると、再びゆっくりと座りました。

「来月、子どもが生まれる」

男は「そうか」と言いました。今度は笑顔がありません。かといって苦悩もありません。男の顔には、なんの表情も浮かんでいません。

薫さんは耳たぶをさわっています。落ち着かないのでしょう。痛いほどしずかな時間が流れます。伊代太は再び手を見ています。

男はふいに立ち上がると、刑務官に「終わりました」と言いました。

すると薫さんは抗議するように「山下さん！」と大きな声を出しました。その声は必死で、せつなさを伴い、女としての叫びのように聞こえました。

男はもう出て行こうとしていましたが、少しだけこちらを見ました。

「春は桜とかさ、秋は紅葉とかさ、そういうの、見せてやるといい」

そう言うと、ドアの向こうへ消えてしまいました。

薫さんは唇をかみしめ、お腹をさすりながら、ドアをじっと睨んでいます。じゅうぶん話せず、くやしいのでしょうか。「約束」って何でしょう？

伊代太はいつのまにか立っています。

山下という男が最後の言葉を口にしたとき、視線は伊代太にありました。あの最後の言葉は薫さんにではなく、伊代太に言ったのだとわたしは思います。

薫さんに桜や紅葉を見せてやってくれということでしょうか？

それとも子どもに？


帰りのタクシーの中で、薫さんは苺を食べ始めました。

洗いもせずに食べるなんてと呆れましたが、仏なので口は出せません。

伊代太はぼんやりと外を見ています。もう薬は切れている時間ですが、酔っている様子はありません。

薫さんは突然しゃべりました。

「うまくやるから、って約束したんだ」

いきなりのことで、伊代太は驚いたように薫さんを見ます。

「弱い人間はさ、うまくやらなきゃいけないんだよ。うまくやろうとするって、しんどいよ。でもそうしなきゃ生きていけないんだ」

ここまで話すと薫さんは息が上がったようで、いったん口を閉じました。

伊代太は言葉を待つように、黙っています。

「わたし、がんばったんだよ」

薫さんの声は今までと少し違っています。やわらかいぶん、弱々しくも聞こえます。

「あの人もね、前はうまくやってたんだ。でもあるとき、うまくやることをやめたんだ。弱くないから、引き受けたんだよ」

罪を引き受けたということでしょうか。

「わたしはうまくやる。それしかないんだ」

薫さんは自分に言い聞かせるようにそう言うと、苺をひとつ伊代太に差し出しました。傷んでないきれいな苺です。

伊代太は受け取り、それを口に含みました。

帰りも渋滞でした。

薫さんは疲れたようで、眠ってしまいました。

伊代太はずっと外を見ています。もう外は暗く、街の光がまぶしいです。わたしが生きていた時代と違って夜が明るくなりましたね。これではもう夜とは言えません。夜がない。人はいつ休んだらいいのでしょうか。みんな少しずつ疲れがかさんでゆくでしょう。いきつく先は、どうなるのでしょう?

わたしは子育てをしていた日々を戦場のようだと思っていました。

今思えば、それは間違いですね。くたくたでしたが平和でした。子どもの病気や怪我で眠れぬ夜もありましたが、しばらくすると夜は来ました。夜はいつも手の届く場所にありました。だからでしょう、体は疲れていても、心は元気でした。

やがて薫さんは目を覚まし、外をまぶしそうに見て、言いました。

「あなたのおかあさんてどんなひと？」

どきり。

わたしは神妙に伊代太の言葉を待ちました。伊代太は考えているようでした。信号をふたつ過ぎた時、ぽつりと言いました。

「いつも洗濯してた」

おやまあ、七年間母としてそばに居たのに、「洗濯」ですか？

「あんまり記憶にないんだ。背中ばっかり見てたかな。でも、そう、あれは何歳だったんだろう？　洗濯中におんぶしてくれたんだ。覚えてる。おんぶしてくれた。おんぶされたら眠くなったんだ。かあさんは働いているのに、ぼくが寝ていいのかなと思って、がんばって目を開けてるんだけど、眠くて」

「寝たの？」

「寝てもいい？　って聞いたら、いいよって言ってくれた」

伊代太は外を見ながら話しています。

その横顔を薫さんはじっと見つめています。

「かあさんのいいよという言葉が、ぼくの体をおふとんみたいに包んだ。いい匂いがして、許されてると思ったし、なんとも言えず気持ち良かった」

「そう」

「かあさんの記憶の中で一番はっきりしてる思い出なんだ」

わたしはあの日のことがあざやかに思い出され、胸がいっぱいになりました。

背中に負うた伊代太のぬくもり。

「おかあしゃん、寝てもいい？」

生まれて初めて発した伊代太の言葉。

腕に抱き、「寝てもいいよ」と言ったら、安心したようにまぶたを閉じました。庭には白いらっぱ水仙が咲いていて、あまい香りがほのかに漂っていました。

空のコップが満たされるように、わたしの心を癒してくれた二時間。

あなたにとっても、あたたかな時間だったんですね。

たったの七年しか一緒にいられませんでしたが、母として子としての、かけがえのない時を共有していたのです。

薫さんは感慨深げに言いました。

「いいよはおかあさんの贈り物なんだね」

伊代太は黙ったまま外を向いています。

あら？

現実の伊代太もまぶたを閉じています。なんとまあ、眠ってしまいましたよ！

断りもせずに。珍しいこともあるものです。

よほど疲れたのでしょうけど、薫さんだからかもしれません。圧迫感をもたずに、リラックスできているのです。案外このふたり、相性がいいのかもしれません。

大晦日（おおみそか）の夜、志賀直弥は夏目家を訪れた。

伊代太が結婚してから、初めての来訪だ。妻の波子が「持っていけ」と命じた三段重箱はずっしりと重たい。志賀の心と同じくらいの重量だ。

「こんばんは、伯父さん」

綿入れはんてんを羽織った伊代太は、玄関でつっ立っている志賀に笑顔を見せた。

「上がって、伯父さん」

「これを持って来ただけだから」

志賀は風呂敷に包んだ重箱を差し出す。伊代太は両手で受け取ると、「伯母さんのおせちだ」と子どものようにうれしそうな顔をした。

「あのひとは、どうだ」

「元気にしてますよ。上がって、伯父さん」

志賀は伊代太と目を合わさずに、「ちょっと出ないか」と言った。

「大福寺(だいふくじ)まで行かないか。三十分もすれば戻れる」

「何年ぶりかな」と伊代太は言った。「じゃ、これ、置いて来る」

伊代太は奥へ引っ込んだあと、紺色のダッフルコートを着て出てきた。

志賀はそのコートに見覚えがあった。十年前に銀座のデパートで買ったものだ。高卒認定試験をひかえていた。風邪をひかないようにと奮発して上等なものを買った記憶がある。

伊代太は思春期のときでさえ、おしゃれに関心がないようだった。志賀や波子が買い与えたものをいつも素直に着ていた。

白い息を吐きながら、志賀と伊代太は黙って夜道を歩いた。

大福寺は普段閑散(かんさん)としているが、大晦日の夜から正月三が日は近所の人で賑(にぎ)わう。

小さいが、鐘もある。ちびっこたちが並んで打たせてもらう。今夜も鐘の前には子ども達の列があり、本堂の前には大勢の人が並んでいる。明治神宮と違い、みな普段着だ。

　志賀は甘酒を買い、伊代太にひとつ渡した。伊代太はふうふうしながら、甘酒を飲む。ふたりは飲みながら参拝の列に並んだ。賽銭箱にたどりつくころには、新しい年になっているだろう。

　除夜の鐘が鳴り始めた。

　志賀の頭に「平家物語」の冒頭が浮かんだ。『諸行無常の響きあり』とか『盛者必衰の理をあらわす』とか。学生時代はふうん、そういうものかと思っていたが、歳をとると、『地球は丸い』に匹敵するくらい、あらがえない現実だと思い知る。

　家族連れがざわざわと賑やかな中、志賀も伊代太も無言だ。周囲が賑やかだと、気詰まりもない。騒がしさにまぎれて志賀はぼそりと言った。

「結婚は、どうだ？」

　伊代太は「よくわからない」と答えた。即答だ。正直なところだろう。

「伯父さんはどう？」

　ふいの質問返しに志賀はとまどった。

「伯父さんの結婚はどう?」

伊代太は真顔だ。

志賀は苦笑いしながら、「そうさな、よくわからない」と言った。

小さな子どもが焼きりんごが欲しいと激しく泣いている。

昔この寺の夏祭りで、伊代太にわた飴を買い与えたのを思い出す。それが数分後には、兄たちのお腹におさまっており、伊代太はにこにこわりばしをなめていた。

思えば伊代太はいつも機嫌がよかった。

「なんで白組勝利かなあ」

後ろの家族の会話が耳に入る。さっきまで紅白歌合戦を観ていたのだろう。

妹の小春が死んで初めての大晦日、志賀と波子は夏目家で紅白歌合戦を観た。子どもたちのリクエストだ。人気のアイドル歌手が出るので、「観ないと友だちの会話についていけない」と四郎が主張した。

夫婦ふたりの時は、年末からハワイへ行ったり、伊勢(いせ)や出雲(いずも)など、名所近くの高級ホテルで過ごした。美しい妻とワインを飲みながら高級料理を食べる。それが志賀の大晦日だった。

一転して、あの日はたいへんだった。

大晦日の昼間から、波子は料理本と首っ引きで慣れないおせちを作っていた。妻は完璧主義なので、へたにこちらが手を出すといらいらさせるだけだ。二日前、「買って詰めればいいのに」と口を出しただけでも大目玉をくらった。せめてもという気持ちで、年越し蕎麦(そば)は志賀がゆでた。加減がわからず、ゆで過ぎてコシがなくなった。

太一郎と純二は「おいしいです、伯父さん」と言いながらも残し、京三郎は「おなかがいっぱい」と逃げ、四郎は「まずい！」と叫び、伊代太は黙々と食べた。波子は蕎麦がのどを通らないようで、黒豆にしわがよったと涙ぐんでいた。わいわいと過ごしながら、家族というものを味わった。

あれから二十年。ようやく子どもたちは手を離れた。そろそろ夫婦の時間を取り戻し、来年あたりハワイでも行くかと妻に話したのが、つい一年前のことだ。

太一郎が死に、婚約者が遺され、ハワイどころではなくなった。

志賀は思い切って尋ねた。

「なぜ湿布を買いに行った？」

伊代太は不思議そうな顔で「なんのこと？」と言った。

「高卒認定試験の日だよ」

伊代太はすっかり忘れていたようで、「ああ、あのときの」とつぶやいた。

「今日は試験だと言えばよかったのに」

志賀は思いのほか自然に話せていることに、自分で驚いた。時はすべてを癒すのだろうか。

「ぼくね、うれしかったんだよ」

伊代太は思い出したようだ。

「伯父さんがぼくに頼みごとするなんて、珍しいことだから、はりきっちゃったんだ。でもあとですごく怒られたよね。試験を受けるほうが、伯父さんにはうれしいことだったんだと、あとから気付いたよ」

言い終わると伊代太はごくごくと甘酒を飲み干した。よほどおいしかったのか、上唇をなめ、にこにこしている。わた飴のわりばしをなめている顔と重なった。

志賀は今しかないという思いで聞いた。

「お前はどうなんだ」

「え？」

「お前はどうしたかったんだ？」

周囲がざわっとした。「おめでとう」「おめでとう」と挨拶の言葉が飛び交う。日付が変わったのだ。

いつの間にか賽銭箱の前に来ていた。

ふたりそろって小銭を放り、手を合わせた。それからどちらからともなく「安産のお守りを買おう」ということになり、伊代太はバイトらしい若い女性からうすピンク色のお守りを買った。するともう、やることはない。

人混みから遠ざかりながら、志賀は再び尋ねた。

「お前はどう生きたいんだ？」

「伯父さんは？」

今日の伊代太は妙に質問を返してくる。返されると、難題を問うてる気にもなる。

志賀はしばらく歩いたのちに、「よくわからんな」と苦笑いをした。

伊代太は「そう」と言うだけで、あとは黙って歩いた。

夜道にふたりの靴音が響く。街灯の光でふたりの影が並んでいるのを見て、志賀は自分がちぢんでしまったような気がした。昔は小さかった隣の影が、はるかに自分を追い越している。

五人の子の中で、手をつないだ記憶があるのは、伊代太だけだ。ほかの子は恥ずかしがる年齢だった。七歳の伊代太の手は柔らかく、汗ばんでいて、小さかった。

妹の小春が死に、その夫の夏目が育児を放棄した。

ふたつの不幸が重なって、志賀は思いがけず父親のまねごとをすることになった。このあとは、祖父のまねごとが待っている。

多くの人は志賀に同情する。

「たいへんですね」とさんざん言われてきたが、志賀はそれを苦役と感じたことはない。たしかに楽ではなかった。子育てに悩み、挫折も経験したが、それも人生と今では思える。

志賀家の玄関前に着いた。部屋の灯りが点いている。

「うちに寄るか？」

「薫さんが心配だから、帰る」

「そうか、そうだな」

「ぼくもよくわからない」

突然伊代太は先ほどの話に戻った。まばたきをしながら、うつむき、何か考えているようだ。

きっと伊代太は自分の気持ちを探しているのだ。

志賀は根気づよく待つことにした。伊代太の気持ちを二十年待った。あと一時間くらい待ってもいいと思う。夜気はしんしんと冷え、伊代太は考え続けた。

　一時間はかからなかった。伊代太はやっと自分の気持ちを見つけたようで、顔を上げた。

「でもぼく、嫌なことはしてないよ」

　伊代太は澄んだ目をまっすぐにこちらに向けている。

「伯父さんより好きに生きてるかもしれないよ」

　気付くと、伊代太は目の前から消えていた。タッタッタッと走る音が小さくなっていく。お守りを握りしめ、妻のいる家へ走って帰るのだ。

　あの女のことだ。勝手に食べて寝てしまい、灯りも消してしまっているだろう。

　それでも、伊代太は嫌なことをしているわけではない。

　好きに生きている。伊代太は好きに生きているんだ。

　志賀はその言葉をかみしめた。ふいに涙がこぼれ、肩が震える。

　愚かで頼りない伊代太が、一転して、何事にも動じない強靭（きょうじん）な魂の持ち主に思えた。

　伊代太は高性能なのだ。だから人の要求に応えられるのだ。無理などひとつもしていない。不幸ではないのだ。いつか誰かに難題を突きつけられたら、「いやだよ」と言えるだろう。

志賀はそこまで考えて「叔父バカだ」と自分を笑い、洟(はな)をすすった。

# 第五章　そのとき世界は

正月が過ぎて一週間が経った。

朝、薫はテレビで天気予報を見ながら、ひとり昨夜の残りもののグラタンを食べていた。八ヵ月くらいから胃が圧迫されて食欲が落ちていた。しかし今日は起きた瞬間から胃がすっきりとして、やたらとお腹がすく。

おいしく食べられる。なんだか変だ。やがて下腹部がシクシクと痛み出す。

シクシクシクシク……。

いたたまれない痛さに、ついに立ち上がる。ばしゃっと、濡れた。

床に小さな水たまりができた。

これはたぶん、いわゆる……破水だ。

「産まれる！」と叫んだら、マカロニが口からぴょんと出た。

声を聞きつけて伊代太が走って来た。

水たまりを見ながら伊代太は電話でタクシーを呼ぶ。ずいぶんと落ち着いてる。やはりヒトゴトなのかなと薫は思う。こういう時は必死男よりもヒトゴト男のほうがよほど頼もしいと感じる。

タクシーは五分で来た。這うようにしてタクシーに乗り込むと、伊代太が病院名を伝えるのが聞こえた。声が震えている。やはり伊代太も緊張しているのだ。薫はひたすらお腹の痛みに耐えた。これがうわさの陣痛か？　食あたりの十倍は痛い。

タクシーは発車した。

しばらくして気がついた。入院セットを部屋に置いてきてしまった。いつもは玄関に置いてあるのだけど、昨日、保険証を入れたか確かめようとして、中を確認したんだ。そのとき下着が足らないんじゃないかと不安になり、一度部屋に鞄を持って行った。

下着を足したり、歯ブラシを取り替えたり、中のものを入れたり出したりして、そのうち眠くなって寝てしまったのだ。

お守りはどうしたっけ？　たしか鞄のポケットに入れた。

「あとでぼくが取りに行くから」と伊代太が言うので、薫は「鞄の中は見ないでね」と言った。一応、夫ではある。こうして入院に付き添っているんだし、そもそも一緒に暮らしている。とはいえ、下着を見られるのさえ、抵抗を感じる仲だ。

病院に着いた。すぐに処置室へ連れて行かれた。家族は入れない。

別れ際に伊代太が言った。

「ぼく、鞄を持ってすぐに戻って来るから」

「ゆっくりでいい。それから、約束して」

そこまで話すと、薫は強烈な痛みにうめいた。

「だいじょうぶ？」

「立ち会わないで」と薫は言った。

「出産の立ち会いは厳禁」

「はい」

ドアが閉まり、伊代太は薫の視界から消えた。

看護師は言った。

「年下？　線の細いだんなさんですね。賢明な判断だと思うわ。出産の最中にだんなさんが気を失うってこと、多々あるんです。あれ、こっちもたいへんなんですよ」

薫は痛みで返事もできず、屈（かが）んだまま下着を脱いで診療台に上がった。

看護師が確認し「子宮口が三センチ開いています」と言った。

分娩室へ入るまでにあれとこれをなんたらかんたらと段取りを説明されたが、薫の耳には入らない。痛みもあるが、初めての出産に、あがっている。自分にもそういう繊細さが残っているのだと薫は驚く。

陣痛がしつこい。これでもかと責めて来る。

骨盤が割れるように痛い。

気がついたら、分娩台の上にいた。意識が切れ切れになっている。医者はまだのようで、看護師が「しっかり」と手を握っている。看護師が優しすぎる。定期検診の時のシビアな対応と違う。なにかおかしい。

薫は伊代太と通ったパパママ学級を思い出し、ひーひーふう、と息をしたが、看護師から「普通に呼吸して」と注意された。いつのまにか酸素マスクがあてがわれている。ラマーズ法は通用しない状態のようだ。どうしたことだろう？

分娩室に不穏な空気が流れている。

「心音微弱！」

「先生呼んで！」

怒声が飛び交う。看護師の声が裏返り、あわててものを落とす音が聞こえた。

薫は気付いた。危険な状態なんだ。

何がいけなかったと考えても、いけないことばかりしている。
夜中にカップラーメンを食べた。
毎日チョコレートを食べた。
虫歯は放ってある。
不規則な生活をした。
運動を怠った。
うそをついた。
きっと、うそがいけなかった。
うそをついた罰に、神様が出産を困難にしているのだ。
自分のせいで、子どもが苦しんでいる。
まさか、死なないよね。
やわらかなミトン。
ちいさな靴下。
履かないの？
頭がまっしろになり、目の前がまっくらになった。
たしかに大きなうそをついた。

けど、幼い命と引き換えにするのは、無情すぎやしないか。

お願い、生きてて。

薫は願った。

自分のからだは二つに裂かれてもいい。

この子を無事に生みたい。

「助けて！」

薫は叫んだ。

二十年ぶりだ。助けてと口にするのは。あの事故以来、二度と口にするまいと決めていた。

「助けて！」

叫んだら、涙があふれた。そのときだ。

薫にははっきりと見えた。欲しいもの。幸せの形。

そうか、これだったのか！

涙が目尻をつたって耳の中に流れた。

いつのまにか医者が来ており、お腹の上に股がっている。白衣の背中。

上から下へぐいっと押された。瞬間、ぬるっとした感触があった。

医者の背中の向こうで、赤ん坊の泣き声が聞こえた。

「女の子よ」と震える声で看護師が言った。

そこで意識を失った。


目を覚ますと、ナイフが見えた。

伊代太が皮を剝きながら、りんごをかじっている。椅子に座っている伊代太のむこうには大きな窓があり、青い空。冬なのに珍しく入道雲が光っている。

しずかだ。伯母の波子の事前調査は完璧だと証明された。

「剝いてから、食べれば」と言ってみた。

伊代太ははっとして立ち上がり、近づいてきて、こちらの顔をまじまじと見る。

伊代太の鼻の下に無精髭(ぶしょうひげ)がぱらぱらと生えており、手にはナイフが光っている。

「怖いよ」と言うと、伊代太はナイフに気付き、サイドテーブルに置いた。

どれくらいの時が経ったのか、薫にはわからない。お腹のふくらみはだいぶへこんで、寝たまま、足の向こうにある花が見える。

ピンク基調の豪華なフラワーアレンジメント。

その横に、牛乳瓶。白いらっぱ水仙が五輪さしてある。夏目家の庭の花だ。

さりげなく聞いてみた。

「赤ちゃん、見た？」

「新生児室にいたよ」と伊代太は言った。

生まれたんだ。夢ではない。薫はほっとした。

「見たい」

「ぼくもまだちゃんと見てない。ガラスの向こうだし」

「保育器？」

「違う違う。新生児室って、家族でも勝手に入れないようになっているんだ」

「赤ちゃん、元気？」

「うん。三〇一〇グラムだって」

「なら肺はできてるわね」

「だいじょうぶ。呼吸できてる。あ、入院セット持って来たよ」

「わたし、どれくらい寝てた？」

「まる一日寝てた。生まれたの、昨日だもの。出血が少し多かったから、しばらく立たないほうがいいみたいだよ。まだ痛い？」

「そうね……痛い」

「新生児室に行くには、二、三日かかるかもって」

「そう」

「何か飲む？」

麦茶のペットボトルと、水筒が見える。

「いちご牛乳が飲みたい」と言ってみた。

「じゃ、売店で買ってくるよ」

「ここの売店にあるかな」

「なかったら、コンビニに行く」

「コンビニにあるかな」

「なかったら、スーパーを探す」

「いいの？」

「いいよ」

薫は、くすっと笑った。伊代太の「いいよ」をもう何回聞いただろう。貯金がたっぷりとたまったような気がする。

伊代太は出て行こうとして「あ」と立ち止まった。

「なに？」

「立ち会ってないから」

「ああ、うん」

「待合室にいた。志賀の伯父さんと伯母さんもいたよ」

「うん」

「伯母さん、今朝も来て、やたらと食べものを置いてった」

伊代太は戻って来て、ソファに置いてある果物のセットと、サンドイッチとおにぎりを見せた。果物のセットにはりんごと桃とバナナとマスカットが彩り良くおさまっている。

薫は気付いた。ここは個室だ。一日いくらかかるのだろう？

おそらく志賀夫婦の判断で、贅沢に個室を選んだのだろう。太一郎の家族と生命保険によって、母子ともに守られている。計画通りだ。うまくやった。

このままずっと安泰に違いない。

「何か食べる？」と伊代太は言った。

「ううん、まだ」

「伯母さんが言うには、バナナを食べると」と言いかけて伊代太は黙った。

「おっぱいが出るって言ってた？」

「うん」

伊代太は目をそらし、「売店に行く前に看護師さんに目が覚めたこと伝えてくるね」と言って出て行った。

薫はお乳が張っているのに気付いた。

窓の外の雲を見る。

白くてつやつや光っている。

なんて美しいのだろう、と薫は思った。

緑の木々が見える。

なんて美しいのだろう。

ピンクの薔薇(ばら)。

白いらっぱ水仙。

サイドテーブルのかじりかけのりんご。

その横にはお守り。

みんなみんな、美しい。

伊代太がなぜりんごを食べていたのか、薫にはわかる。以前、「りんごは嫌い」と薫が言ったからだ。ほかはすべて薫のためにとっておいてくれたのだろう。

ゲーテの言葉が頭に浮かぶ。

心が開いている時、この世は美しい。

この言葉を山下から教わった時、薫はぴんとこなかった。でも今ならわかる。実感として。

薫はりんごに向かって、「もう、いいよ」と口に出して言ってみた。

すると少し、さびしくなった。

伊代太は「いいよ」を言うたび、さびしくならないのだろうか。

薫は再び窓の外を見る。

雲はまだ美しく見えている。

薫は思った。あと少しだけ、と。


退院の日の朝のことです。

伊代太が病室に迎えに行くと、薫さんはもう服を着て、ベッドに腰掛け、赤ちゃんを抱いています。

服を身に付けた薫さんを見るのは久しぶりです。

髪はきちんと後ろに束ねられ、首がほっそりとして、なんだか別人のようです。

そういえば産後、痩せたと言ってましたっけ。お乳の出も良いらしく、妊娠前よりもさらに十キロも痩せてしまい、前の服が着られず、波子さんが新しい服を用意してくれました。波子さんは銀座を闊歩していたオフィスレディです。たいへんセンスの良い服を選んでくれました。落ち着いた若草色が薫さんの白い肌によく似合っています。

赤ちゃんもママに負けてはいません。おじいちゃんが買ってくれた白い産着を着て、頰はほんのりピンク色で、天使のようです。

まあ、まあ、ほんとうに素敵。

伊代太は赤ちゃんをじかに見るのは初めてで、落ち着かないようです。

新生児室で薫さんが赤ちゃんを抱くのを廊下からなんどか見ていましたが、それはガラスの向こうだったし、おとぎの国のように感じていたのでしょう。それが今、同じ空間にいる。

伊代太はおかしなことに、息を止めています。

自分が吐いた息を、この小さな命が吸ってしまっても大丈夫なのか、心配なのでしょう。息をしなさい。倒れるわよ。

「抱いてみる?」と薫さんは言いました。

伊代太は「手を洗って来る」と言って、逃げるように病室を出ました。廊下で大きく深呼吸をすると、いきなり走り出しました。トイレは廊下のつきあたりです。「走らないでください」と看護師さんに注意されたのに、走り切ってしまいました。

すみませんすみません。

ばかな息子で申し訳ない気持ちです。

伊代太は深刻な表情で、洗面台に向かい、液体石鹸をたっぷりあわだてて、手を洗っています。途中でふと鏡を見て、情けない顔をしました。

いかにも頼りない、一児の父とはほど遠い自分の姿を見て、思い知ったのでしょう。しっかりしなければなりませんよ、これから。

伊代太が病室に戻ると、薫さんは赤ちゃんを抱いて、窓際に立ち、外を眺めていました。こちらはもう母の貫禄(かんろく)充分です。

それにしても、別人のようです。女のわたしから見ても、まぶしいくらい輝いています。なかなかの美人さんじゃないですか。痩せただけでここまで変わるのでしょうか。

薫さんは伊代太に気付くと、ゆっくりと近づき、赤ちゃんを伊代太の胸にそっと押し付けました。伊代太は落とさないように、慎重に両手で赤ちゃんを抱えます。

「あははは」

薫さんはおかしそうに笑いました。伊代太は右手も左手も下から抱えてしまったのです。

「それじゃあ、お姫様だっこじゃない。左手は上からこうして」

薫さんは抱き方を伝授し、伊代太はなんとか正しく抱くことができました。

伊代太は赤ちゃんの顔をまじまじと見ています。

赤ちゃんは目を半開きにしています。まだ人相と言えるほどの特徴はありません。

想像よりも赤ん坊というものは小さく、そして柔らかいものです。落とせば終わりだとでも思っているのでしょう。伊代太は険しい顔をしています。今この瞬間、この命は全権自分にゆだねられているのだと感じ、緊張しているようです。

薫さんはそんな伊代太を真剣な目で見つめています。伊代太を父親として値踏みしているのでしょうか。その目は少し悲しげで、わたしは薫さんという人がますますわからなくなりました。

やがて薫さんは伊代太から赤ちゃんを受け取ると、「ありがとう」と言いました。

「これで気が済んだわ。本当にありがとう」と薫さんは言いました。

伊代太はとまどっています。薫さんとありがとうは似合わないですからね。

「タクシー呼ぶね」

伊代太は携帯電話を握りしめました。

「おとといベビーベッドが到着して組み立て終わったし、準備万端だよ。伯父さんも伯母さんも車で送ると言ってくれたんだけど、うちで待機してもらってるんだ。部屋を暖めてくれてる」

薫さんは首を横に振り、「ここでお別れよ」と言いました。

伊代太は驚いて、携帯を床に落としそうになりました。

薫さんは伊代太をまっすぐに見つめて言います。

「この子は太一郎さんの子ではないの」

伊代太は激しくまばたきをしました。

「わたしは太一郎さんの婚約者ではありません。会ったこともない、あかの他人です」

薫さんは一行、一行、区切るようにしゃべります。

「生むためにうそをつきました」

「あなたとの結婚は想定外でした」

「婚姻届は出していません。あなたとわたしは他人だし、あなたはこの子になんの責任もありません」


薫さんの告白から十年経ちました。

伊代太は今、秋の公園を歩いています。

紅葉が見事です。落ち葉の絨毯(じゅうたん)がふかふかです。伊代太は白い犬を連れています。仲良しのようで、ぴたりと歩調が合ってます。

しばらくすると、犬は立ち止まりました。ベンチの下が気になったらしく、鼻を突っ込んで、尻尾を振っています。

伊代太は立ち止まってやさしく見守っています。

この子も三十七歳になりました。死んだ時のわたしよりも年上です。相変わらず線が細く、髪は短く、何を考えているのか、とぼけた顔をしています。少年の頃とちっとも変わりません。

わたしですか？　まだこちらにいるのかって？

ええ、います。なんだかこう、居心地が良くなっちゃって、つい。そろそろ帰ろうと思っているところです。

白い犬はベンチの下に夢中です。秋の虫でも見つけたのでしょうか。しばらく探索が続きそうです。伊代太はベンチに腰掛け、空を見上げました。

青空を中型の飛行機が一機、飛んで行くのが見えます。飛行機のあとから、白い直線がまっすぐに引かれています。

青い空に白い線。

孤独でまっしぐらな飛行機だこと。

あの時の薫さんみたいね、伊代太。

あの日、病室で薫さんが語ったことは、ひとことだって忘れることはできません。

きっと伊代太も同じことでしょう。

十七歳だったの。

驚いた？　わたしにも十七歳だったときがあるのよ。

毎日、白い天井を見ていたわ。朝から晩まで、何日も何日もね。日にちの感覚はなかった。少しずつわかってきたのはね、まずは現実。

肩の痛みや、動かせない足。背中の皮膚の違和感。朝晩の投薬、包帯の取り替え。看護師も医者もみな一様にやさしく、一様に無口だったわ。

そのうちにね、点滴みたいに、ぽつりぽつりと記憶が戻って来たの。

わたしにはおとうさんとおかあさんがいてね、白い犬を飼っていた。名前は思い出せない。でも、飼っていたのはたしか。

ある日看護師さんに聞いてみたの。

「白い犬はどうしてますか」

答えはもらえなかったけど、「思い出したのね」と看護師は涙を浮かべて、医者を呼びに行ったわ。

それから毎日、記憶の修復具合を調べるため、医者がわたしに質問した。

正直には答えなかった。だって一方的なんですもの。医者はけちんぼで、情報をくれないのよ。だからわたし、おとうさんとおかあさんについては、記憶がないふりをしたわ。でもね、いったん「いる」って思い出したら、いろんな光景が浮かんでくるのよ。

高校に合格した日にお寿司をとってくれたこととか。

中学で不登校になったとき、おかあさんが泣いたこととか。

庭でしゃぼんだまを飛ばしたら、ぱちんと割れて、目にしみたこととか。

おとうさんはわたしを外交官にしたいと言って、おかあさんはわたしをピアニストにすると言って、わたしは獣医さんになりたかったこととか。

毎日ぽつりぽつりと記憶の破片が手に入った。きっとそれを合わせるとジグソーパズルが完成して、わたしの過去がひとつの絵のように見えるのでしょう。

医者はそれを合わせようとするのだけど、わたしは協力しなかった。

合ったって、絵の中に戻れないでしょう？

今もずっと、ばらばらなまま、胸にあるのよ。

治療にはまる一年かかったわ。

退院するとき、わたしは十八歳になっていた。その頃にはほとんどのピースが手に入っていたけど、事故の前後のことだけは思い出せなかったわ。

大阪の親戚に引き取られて、大阪の高校に転入した。けど、なじめなかった。

一年遅れてしまい、みんなより年上ってこともあったし、大阪弁は好きになれなかった。

学校を休みがちになって、そしたら親戚のおばさんが、気分転換にって、苺狩りに誘ってくれたのよ。いいひとだったし、よくしてくれたと思う。

行く途中でね、女の子だから、明るい色を身に付けなさいと言って、ピンクのポシェットを買ってくれたの。いかにも大阪っぽいピンクに思えて、ぞっとした。ええそう、そのポシェット、今も使ってる。趣味悪いでしょ。でも捨てられない。

ほんと、いいひとだったの。でもそのときのわたしにとっては「家族ではないひと」でしかなかったの。

たしか二月の寒い日で、でも晴れていて、空が青かった。

山が見えてね。ビニルハウスがあって、その中は生暖かった。入ると、赤い苺がいっぱいなってるの。ひさしぶりにおだやかな気持ちになって、ひとつつまんで、口に含んだ、その時よ。

思い出したの。

白い犬を飼っていたんじゃなかったの。

あの日、白い犬をもらいに行こうとしていたのよ。

知り合いのうちで生まれたのをくれるという話になって、おとうさんが車を運転して、おかあさんが助手席に乗っていて、わたしは後ろの席で、犬の名前を考えながら、ひとり鼻歌を歌ってた。

　突然、ドーンとすごい音、衝撃があって、あっと思った時には、てのひらがぬるっとしてた。

　真っ赤だった。あれは顎かな、額かもしれない。顔から血が出てた。

　怖くなって前を見ると、エアバッグがふくらんでいて、おとうさんとおかあさんの後ろ頭が見えるんだけど、気味が悪いくらい動かないのよ。車内はシーンとして、わたしは痛みを感じなくて、ただおそろしくて、黒い煙が窓から入ってくるの。出て行かなくちゃと思うんだけど、体が動かない。だから叫んだの。

「助けて！」

　すると窓から手がさしのべられた。

「しっかり！」って言いながら、わたしの手をつかんで引っ張ろうとするの。女のひと。

　わたしは「痛い！」って叫んだ。

　足がね、何かに挟まって、引き抜けないの。するとね、女の人が反対側にまわってドアを開けて、車の中に入って来てかがみこんで、わたしのふくらはぎをぐいぐい、引っ張ってね、とうとう抜けたの。

女のひとは叫んだわ。

「こっちは火が近づいてるから、窓から出なさい」

そしてわたしのお尻を手で押したの。すごい力で、わたしもがんばった。最後はその人、顔と手と肩でわたしを押して、わたしは窓から勢い良く外へ飛び出したの。そして歩道に落ちたわ。まるで生まれ落ちるみたいに。

当時のわたしはね、棒みたいに痩せてた。

歩道のアスファルトががつんと肩に響いて、痛かった。体が割れたような感じがして、立てないんだけど、歩道はひんやりとして、気持ちよかった。

あたりにはなぜか苺が散らばっていて、わたしは腹這いのまま、無意識にそれをひとつつまんで、口に入れたの。生きようとしたんだと思う。

そしたら後ろでボンッて、爆発音がして、急にあたりが熱くなった。

気がついたら、病院の天井を見つめてた。

事故から二年も経って、足も肩も治って、火傷(やけど)のあとが背中にあるけど、自分からは見えない。そんなときに、二月のビニルハウスの中で、ふいに思い出してしまったの。

苺のせいね。

それまで事故のことは誰もわたしに話そうとしなかったし、わたしも調べようとしなかった。けど、その日から気になって、頭から離れない。苦しくなって、図書館で過去の記事を調べたの。

死亡者一覧に両親の名前があった。でもそのひとの名前は知らないし、死んだかどうかわからない。

わたしは考えた。

そのひとは苺を買って、歩道を歩いていた。事故は車道だったから、災難はヒトゴトだったはず。つぶれたワゴン車の中から、わたしが「助けて！」と叫んだ。その声に応えて、あんな行動をとった。そしてたぶん、死んだのよ。

わたしは無性に腹が立った。

だって、彼女がわたしを助けなかったら、わたしはあのまま両親と共に死ぬことができた。

辛い治療を受けなくて済んだ。

慣れない大阪に来なくて済んだ。

親戚に気を使いながら暮らさなくて済んだ。

彼女の命と引き換えに、わたしが不幸になった。

それってたまらない気持ちよ。

だって、あまりにも、彼女がかわいそうですもの。

命をかけて救った少女が、「助からないほうが良かった」と思っているんですからね。

わたしはいてもたってもいられず、幸せにならなければならないと思ったの。

彼女の死に意味をもたせようと思ったのよ。

十九歳のわたしに、幸せの意味などわからなかった。日々幸せについて考えていたら、やたらとものを食べるようになってしまった。食べている間は、考えなくて済んだからかもしれない。

朝から晩まで食べ続け、わたしはぶくぶく太り始めて、周囲は奇妙な目でわたしを見るようになったわ。そのときのわたしの心を理解できる人は、いない。でもわたしは必要があってそうしていたのよ。

嫌いな学校はやめて、お説教する親戚のうちを飛び出して、人一倍貪欲(どんよく)に、人より得をすることばかり考えて行動したわ。

わたしは幸せを追い求めたの。あのひとの命を無駄にしないために。

すべてを手に入れよう。

そう思って、がんばった。

でもね。食べても食べてもおなかいっぱいにならない。人からうばってもうばっても幸せの実感がもてない。するともっともっとと思うの。足りないとしか思えないのよ。なにがどう足らないか、わからないんだけどね。

だって、幸せの形って見えないんですもの。

簡単に稼げることをして、生き繋（つな）いでいたら、友だちは悪い奴ばっかりになっていったわ。

友だちのひとりはね、婚活パーティーで出会った人と婚約して、婚約指輪をゲットして売りさばく、という詐欺をくり返してた。

その子がね、妙なメールが来たっていうのよ。

「わたしはこの携帯の持ち主の伯父です。携帯に登録されているひと全員にこのメールを送ります。夏目太一郎は病死しました。通夜が明日、告別式が明後日です。もしお時間ありましたら、お別れをしてやってください」

友人はね、「あら、死んだのね」って言いながら、ビールを飲んでた。

婚約指輪をもらったひとなんだって。相手は真面目なやつで、まあ、わたしらのようなワルは、真面目な人間をターゲットにするんだけど、相手の親族には会ってないし、こんな一斉メールで来るくらいだから、名前も伝わってないみたいで、ほっとしたと笑ってたわ。

「行かないの？」って聞いたら「死んだら取れるものがない」って言うじゃない。

そこでわたしが行くことにしたのよ。

わたしは妊娠していたから、出産費用が欲しかった。

この子の父親は、ほら、一度会ったでしょう？

塀の向こうのあのひと。悪い仲間のひとりなんだけど、周囲とちょっと違ってた。心の底に芯みたいなものがあって、それがわたしを安心させた。ずっと一緒に生きていけると思ったのに、妊娠したと知ったら、急に罪を清算すると言い出して、塀のムコウに行っちゃった。逃げたんじゃない。あの人なりのやり方でこの子を守ろうとしたんだと思う。でも、わたしは途方に暮れた。「うまくやる」と約束したけど、ひとりでどうやって育てようか、考えあぐねてしまった。

夏目太一郎の婚約者として通夜に顔を出せば、一族は責任を感じて、多少の援助を申し出るかもしれない。十万円くらいもらえれば御(おん)の字と思って、やってきたの。

友人は「死んだら取れるものがない」と言ったけど、わたしは「死人から取れるものある」と思ったわけよ。わたしのほうがよけいにワルだったわけ。

通夜で志賀の伯父さんに「婚約者です」って言ったら、すっかり信じたわ。わたしのお腹を見て、驚いた顔をしてた。ものすごく深刻そうだったし、手応えを感じたわ。うまくやれそうって思った。

でもそのあと、わたしは驚いた。

志賀の伯父さんの十倍は驚いた。

仏壇の遺影を見たのよ。おかあさんの遺影。

あのひとだった。

まさかと思った。目を疑ったわ。事故の時は煙がすごかったし、はっきり顔を見たわけではない。気のせいだ、別人だと思おうとした。

死んだ経緯をご丁寧に志賀の伯父さんが教えてくれたのよ。

二十年前の多重追突事故に巻き込まれて死んでしまったと。知らない人のワゴン車で発見されたんですって。おそらく雨の中を歩いていて、気の毒に思ったワゴン車の家族が、親切に乗せてくれたんじゃないかってね。

やはりあのひとだ。疑いようがない。

この偶然に、身の毛がよだつ思いをしたわ。

恐ろしさに吐きそうになって、背中を丸めて必死に耐えた。

そして遺影を睨みつけた。

あなた、五人も子どもがいたのね。

なのになぜ他人のわたしを助けたの？

ばかなひと！

よけいに腹が立った。

そして、あらためて誓ったわ。

うまくやってやる。もっと幸せになってやる。

誰よりも幸せになって、あなたの死に意味を持たせてあげる！

葬儀のあと志賀の伯父さんがとんでもない提案をしたでしょう？

渡りに船だったわ。生命保険も手に入るし、安心して子どもが産めると思ったの。

そうよ、わたしは太一郎さんの婚約者ではない。

この子は、太一郎さんの子ではない。

子どもを産んで育てるために、居心地の良い巣を探していただけなの。お金の心配をせずに子どもを育てたかったのよ。

夏目家に嫁いで、伊代太くん、あなたと暮らした。

とまどったわ。あなたはわたしのまわりにいないタイプだったから。わたしだけじゃない、あなたはみんなをとまどわせる。とまどいながら、みんな、ちょっとずつ変わっていくのね。

わたしも変わったわ。なぜかしらね、だんだんとなくなっていったの。たくさん食べたいとか、お金が欲しいとか、ひとのものを取りたいとか、楽をしたいとか、そういう気持ち。無気力になっていくようで、怖かった。幸せを追い求めるやり方が、それまでのわたしを支えていたから。

一日も早く婚姻届を出そうと思った。うそがばれる前に入籍しなくちゃいけない。何度か役所へ行ったんだけど、出せなかった。前のわたしなら出せた。得になることなら、なんだってできたのに、なぜかしらね、籍を入れることができなかった。あなたのあの柔らかな字、あの字を見ると、気持ちがへなへなしてしまうのよ。

うまくやらなきゃ。

自分に言い聞かせたわ。籍を入れて、名実ともに夏目家の人間になって、お金も家も手に入れる。だいじょうぶ、できると思った。うまくやるつもりだった。産む直前まではね。

この子が生まれる瞬間、見えたのよ。

幸せの形。
この子に会いたい。
それだけだった。
わたしの見つけた幸せの形は、とても小さくて、あたたかかった。
そしてあまりにもシンプルだった。
あなたのおかあさんが救った命は、ちゃんとこうして幸せにたどりついた。
だからもう、なんにも要らないの。
わたし、この子と生きてゆく。
今までありがとう。
さようなら。

公園で、伊代太はベンチに腰掛けたまま、ずいぶんながいことぼうっとしています。
白い犬はとっくに探索を終え、今は横でおとなしく座っています。

伊代太はふと足元を見て、色とりどりの落ち葉の中にどんぐりを見つけました。手に取って眺めています。

白い犬がなんだなんだと言うように、どんぐりの匂いを嗅いでいます。どんぐりが何ものなのか、調査をしているのでしょう。たまに舐めたりして、真剣です。調査の結果、おいしいものではないとわかったのでしょう、白い犬はふんふんと鼻を鳴らして、よそ見を始めました。

その時です。白い犬は遠くを見て、ワン、と吠えました。

「パパ！」と叫び、遠くから女の子が走って来ます。

白い息を吐きながら、真っ赤な頬です。

全身に喜びがあふれ、元気いっぱいです。

女の子は勢い良く伊代太に抱きつきました。

伊代太がどんぐりを渡すと、「わーお！」と女の子は目を丸くし、手に取り、匂いを嗅いでいます。白い犬とおんなじです。

少し遅れて、ほっそりとした女性が男の子の手を引きながら歩いて来ます。

女性は色白で、目尻が垂れた和風美人です。男の子は目が一重で、首も手足も細いです。

女性は女の子に微笑むと、「パパに何をもらったの？」と尋ねました。

わたしはこの秋の風景を一枚の絵画のように見ています。

十年前のあの日、薫さんが伊代太に「さようなら」を告げたあと、伊代太は言いました。

「いやだよ」

それが伊代太の人生の始まりでした。

美しい絵画のような人生の始まりでした。

# 解説

吉田伸子（書評家）

　イーヨくんは、夏目(なつめ)家の五男坊。本名を伊代太(いよた)という。でも、みんな、彼のことをイーヨくんと呼ぶ。それは、彼が頼みごとを拒まないからだ。伊代太の返事は、いつも「いいよ」。「いやだと言った例(ため)しがないわ」とは、伊代太の伯父である志賀直弥(しがなおや)の妻、波子(なみこ)の弁である。

　物語は、深夜、夏目家の居間から始まる。居間には柩(ひつぎ)が安置されている。夏目家の長男・太一郎(たいちろう)が、インフルエンザで突然亡くなってしまったのだ。居間の真ん中に鎮座して、直弥は怒っていた。太一郎が三十五歳という若さで逝(い)ってしまった理不尽さはもちろんだが、それよりも何よりも、太一郎の柩に寄り添う大柄な女。彼女が直弥の怒りの根源である。

　ここで、夏目家のことを説明しておくと、夏目家は、亡くなった太一郎を頭に、次男で高校教師の純二(じゅんじ)、三男で勤務医の京三郎(きょうざぶろう)、四男で消息知れずの四郎(しろう)、そして末っ子の五男坊、伊代太で構成されている。五人の母であり、直弥の妹である小春は、二十年前交通事故で亡くなっていた。父親は、小春という愛妻を喪い、「ふにゃふにゃと泣くばかり」だったため、葬儀の段取りを仕切ったのは直弥だった。父親の銀之介は頼りなく――あろうことかその後、家を出てしまった！――、直弥は、自分が遺された五人の子どもたちの親代わりになろうと決意する。好きな煙草を断ち、夏目家の近所に引っ越しまでして、以来、五人の面倒を見てきたのだ。

「死にやがって、ばかやろう」二十年前、同じ場所で小春の死に腹を立てていた直弥は、今、同じ言葉を吐いて怒っていた。

安ものの黒いワンピース姿で、太一郎の通夜に突然現れた女は、太一郎の婚約者だと名乗った。それだけではない。その女のお腹は、大きく膨らんでいたのである。それだけでも何てこった！な事態であるのに、加えて、その女の身だしなみがどうにもこうにもいただけない。黒いストッキングには、五百円玉くらいの穴まで開いていて、硬そうなかかとが覗いていた。本当にこの女が婚約者なのか？　と確認しようにも、当の太一郎は亡くなっている。さてさて、一体どうしたものか。

ここで、直弥が白羽の矢を立てたのが、伊代太だ。あろうことか、直弥は亡くなった太一郎の代わりに、その女＝太宰薫と伊代太を結婚させることに決めるのだ。何せ、相手は「いいよ」のイーヨくんだ。あいつなら断らないだろう、と。ちょ、ちょっと待って、と思うのは、私だけではないだろう。いくら何でも、出会って間もない兄の婚約者と結婚って、さすがのイーヨくんだって、それは断るでしょう。というか、件の太宰さんだって、そんな案を受け入れるとは思えない。戦前の日本じゃあるまいし、と。ところが、当の直弥にしてみれば、太宰とお腹の子を伊代太に押し付けるのではなく、「伊代太を太宰さんに押し付けるんだ」と。

この直弥の言葉から、伊代太は気のいいやつだけど、「親族の厄介者」扱いされていることが分かる。純二は結婚して所帯を構えているし、京三郎は医者として自立している。行方知れずの四男を別にすれば、二十七歳にもなって独立もせずに、長男の太一郎にパラサイトしていた伊代太は、直弥にとって、何というか、目の上のコブのようなものなのだ。加えて、伊代太には「何度も期待し、何度も落胆させられた」という過去がある。「もう疲れたよ」と波子に漏らしたのは、直弥の本音なのだ。

太宰は太宰で、直弥からの提案を一週間考えた後に、伊代太との結婚を決意し、伊代太にそのことを告げる。そして、問う。「あなたはどう?」と。伊代太はものの一分もかからずに答える。「いいよ」と。え〜〜〜〜、いいの？　本当に？

ここから、伊代太と太宰の奇妙な〝結婚生活〟が始まる。兄の婚約者だったとはいえ、そして伊代太の十歳年上だとはいえ、太宰の伊代太に対する態度は、まるで下僕に対するようなそれである。太一郎の結婚にと押さえていた式場で結婚式を挙げた二人は、夏目家で生活を始めるのだが、もちろん主導権は太宰にある。いわく、出産までは「夫婦のイトナミ」はできません。いわく、車の免許をとって。伊代太の返事は、「わかりました」だ。

この太宰がね、本当にふてぶてしくて、読んでいて、伊代太、何でこんな女と！と思ってしまうほど。いくら自立していないとはいえ、いい年をした大人が、何でもかんでも「いいよ」と言ってるんじゃない！　そんなんだから太宰が図に乗るんじゃないの！　全くもう！　と伊代太にまで腹立たしくなってくるのだ。

それにしても、太宰とは一体何者なのか。この辺りの太宰の〝謎〟は、さすがミステリー「猫弁」シリーズの作者らしく、読者をぐいぐいと惹(ひ)きつける。太宰がふてぶてしければふてぶてしいほど、読者は物語に引き込まれてしまうのだ。やがて、ちらちらと太宰の〝本当の顔〟が見えてくる……。

本書の美点は、そうしたミステリーの要素はもちろんなのだが、家族小説としての、ごくさりげないシーンが際立っているところだ。本書は、「まえおき」で夏目家の母・小春が伊代太のことが心残りで、あの世からこの世をのぞきに来ている、という設定になっていることが明かされている。物語はだから、小春視点での話や回想が織り込まれているのだが、なかでも、伊代太が二歳の時のエピソードがいい。

　伊代太が二歳を半分過ぎた頃のことだ。朝から洗濯と掃除に追われていた小春が、ふと目を離したすきに、庭でうつぶせに倒れていた伊代太。抱き起こすとうとうとしていた伊代太をおぶって、洗濯物を見に行った時のこと。「おかあしゃん」「寝てもいい？」これが、伊代太の口からこぼれた言葉だった。

　忙しい母の背中で眠ることに遠慮した、小さな末っ子の言葉――しかも、その時まで発語がなかった子なのである――に、小春は「労られた」ような気がした。寝てもいいよ、と答えた小春は、洗濯を放り出して、濡れ縁に腰掛け、寝入った伊代太が目をさますまで、二時間腕の中に抱く。その時の光景が、その満ち足りた小春の記憶が、読んでいるこちらの胸をも満たしてくれる。

　或いは、こんな場面。夏目家の子どもたちの親代わりになった波子が、伊代太のために苺のショートケーキを焼いた時のこと。切り分けたケーキは、あっという間に、伊代太以外の兄弟のお腹に納まり、残ったのは一ピースだけ。気がつくと伊代太が一人ちょこんと座っていた。ふと波子は思いついて、伊代太にゲームをしようと持ちかける。「ふたりだけの時、伯母さんのことをママって呼ぶゲーム」と。「ママ」と呼ばれた波子が「なあに？　伊代太くん」と答える。この場面が切ないのは、波子は子どもができにくいため、自分の子どもがいない、ということが背景にあるからだ。（一切れ残ったケーキを）ママは要らないから、伊代太くんにあげる、と波子に言われた伊代太は言う。「じゃあ、おかあさんにあげてもいい？」。波子は、小春の遺影にケーキを供えて告げる。「はい、ゲームはおしまい」と。さりげなく描かれているシーンなのだけど、ママと呼ばれてみたかったという波子の気持ちも、無邪気に答えた伊代太の気持ちも、そして伊代太の返事を聞いた時の波子の気持ちも、読み手にダイレクトに伝わって来る。そして、余韻が残る。こういうさりげない、けれど確かな描写が、本書を支えているのである。

他にも、伊代太以外の夏目家兄弟それぞれのエピソードもいいし、夏目家の幼馴染みである雅子（まさこ）のエピソードもいい。けれど、何よりも素晴らしいのは、「いいよ」としか言わないイーヨくんの伊代太が、物語の中で、一度だけ「いやだよ」という場面だ。そこに至るまでの物語は、ぜひ実際に本書を読んでみてください。

読み終えた時、伊代太のキャラがいつまでも胸に残る。同時に、本書に込められた、滋味豊かな言葉の数々――「いいな、なにものでもないって」（これは医師の京三郎の言葉）。「だれもみな、はじめておかあさんになるのです。だれもみな、ふたしかな思いのままおかあさんになるのです」（これは小春の言葉）etc.……――が、読後、時間差でじわじわと効いてくる。そこがいい。

人生に疲れたり、迷子になったような気持ちになった時、何度も読み返したくなる。本書はそういう物語である。

本書は二〇一四年三月に小社より刊行されました。

|著者| 大山淳子　東京都出身。2006年、『三日月夜話』で城戸賞入選。2008年、『通夜女』で函館港イルミナシオン映画祭シナリオ大賞グランプリ。2011年、『猫弁　死体の身代金』でTBS・講談社第3回ドラマ原作大賞を受賞し作家デビュー。受賞作は『猫弁　天才百瀬とやっかいな依頼人たち』と改題されて書籍化、TBSでドラマ化された。著書に『猫弁と透明人間』『猫弁と指輪物語』『猫弁と少女探偵』『猫弁と魔女裁判』『雪猫』『光二郎分解日記　相棒は浪人生』(以上、講談社文庫)、『あずかりやさん』(ポプラ文庫)、『猫は抱くもの』(キノブックス)、『牛姫の嫁入り』(KADOKAWA)、『原之内菊子の憂鬱なインタビュー』(小学館)などがある。

イーヨくんの結婚生活

大山淳子



2016年5月13日第1刷発行
2021年6月2日第3刷発行

発行者――鈴木章一
発行所――株式会社　講談社
東京都文京区音羽2-12-21　〒112-8001
電話　出版 (03) 5395-3510
　　　販売 (03) 5395-5817
　　　業務 (03) 5395-3615

Printed in Japan

定価はカバーに
表示してあります

デザイン――菊地信義
本文データ制作―講談社デジタル製作
表紙印刷――豊国印刷株式会社
カバー印刷―大日本印刷株式会社
本文印刷・製本―株式会社講談社



ISBN978-4-06-293386-5

# 講談社文庫刊行の辞

二十一世紀の到来を目睫に望みながら、われわれはいま、人類史上かつて例を見ない巨大な転換期をむかえようとしている。

世界も、日本も、激動の予兆に対する期待とおののきを内に蔵して、未知の時代に歩み入ろうとしている。このときにあたり、創業の人野間清治の「ナショナル・エデュケイター」への志を現代に甦らせようと意図して、われわれはここに古今の文芸作品はいうまでもなく、ひろく人文・社会・自然の諸科学から東西の名著を網羅する、新しい綜合文庫の発刊を決意した。

激動の転換期はまた断絶の時代である。われわれは戦後二十五年間の出版文化のありかたへの深い反省をこめて、この断絶の時代にあえて人間的な持続を求めようとする。いたずらに浮薄な商業主義のあだ花を追い求めることなく、長期にわたって良書に生命をあたえようとつとめるところにしか、今後の出版文化の真の繁栄はあり得ないと信じるからである。

同時にわれわれはこの綜合文庫の刊行を通じて、人文・社会・自然の諸科学が、結局人間の学にほかならないことを立証しようと願っている。かつて知識とは、「汝自身を知る」ことにつきていた。現代社会の瑣末な情報の氾濫のなかから、力強い知識の源泉を掘り起し、技術文明のただなかに、生きた人間の姿を復活させること。それこそわれわれの切なる希求である。

われわれは権威に盲従せず、俗流に媚びることなく、渾然一体となって日本の「草の根」をかたちづくる若く新しい世代の人々に、心をこめてこの新しい綜合文庫をおくり届けたい。それは知識の泉であるとともに感受性のふるさとであり、もっとも有機的に組織され、社会に開かれた万人のための大学をめざしている。大方の支援と協力を衷心より切望してやまない。

一九七一年七月

野間省一

大城立裕　小説 琉球処分 (上)(下)
太田尚樹　満州裏史〈甘粕正彦と岸信介が背負ったもの〉
太田尚樹　世紀の愚行〈太平洋戦争・日米開戦前夜〉
大島真寿実　ふじこさん
大泉康雄　あさま山荘銃撃戦の深層 (上)(下)
大山淳子　猫弁〈天才百瀬とやっかいな依頼人たち〉
大山淳子　猫弁と透明人間
大山淳子　猫弁と指輪物語
大山淳子　猫弁と少女探偵
大山淳子　猫弁と魔女裁判
大山淳子　雪猫
大山淳子　イーヨくんの結婚生活
大山淳子　光二郎分解日記〈相棒は浪人生〉
大倉崇裕　小鳥を愛した容疑者
大倉崇裕　蜂に魅かれた容疑者〈警視庁いきもの係〉
大倉崇裕　ペンギンを愛した容疑者〈警視庁いきもの係〉
大倉崇裕　クジャクを愛した容疑者〈警視庁いきもの係〉
大鹿靖明　メルトダウン〈ドキュメント福島第一原発事故〉
荻原　浩　砂の王国 (上)(下)

荻原　浩　家族写真
小野正嗣　九年前の祈り
大友信彦　釜石の夢〈被災地でワールドカップを〉
大友信彦　オールブラックスが強い理由〈世界最強チーム勝利のメソッド〉
乙　一　銃とチョコレート
織守きょうや　霊感検定
織守きょうや　霊感検定〈心霊アイドルの憂鬱〉
織守きょうや　霊感検定〈春にして君を離れ〉
織守きょうや　少女は鳥籠で眠らない
岡本哲志　銀座を歩く〈四百年の歴史体験〉
おーなり由子　きれいな色とことば
岡崎琢磨　病弱探偵〈謎は彼女の特効薬〉
小野寺史宜　その愛の程度
小野寺史宜　近いはずの人
小野寺史宜　それ自体が奇跡
大崎　梢　横濱エトランゼ
太田哲雄　アマゾンの料理人〈世界一の"美味しい"を探して僕が行き着いた場所〉
小竹正人　空に住む
岡本さとる　駕籠屋春秋 新三と太十

岡本さとる　質屋の娘〈駕籠屋春秋 新三と太十〉
海音寺潮五郎　新装版 江戸城大奥列伝
海音寺潮五郎　新装版 孫子 (上)(下)
海音寺潮五郎　新装版 赤穂義士
加賀乙彦　新装版 高山右近
加賀乙彦　ザビエルとその弟子
加賀乙彦　殉教者
柏葉幸子　ミラクル・ファミリー
勝目　梓　小説家
桂　米朝　米朝ばなし〈上方落語地図〉
笠井　潔　梟の巨なる黄昏
笠井　潔　青銅の悲劇〈瀕死の王〉(上)(下)
川田弥一郎　白く長い廊下
神崎京介　女薫の旅 激情たぎる
神崎京介　女薫の旅 奔流あふれ
神崎京介　女薫の旅 陶酔めぐる
神崎京介　女薫の旅 衝動はぜて
神崎京介　女薫の旅 放心とろり
神崎京介　女薫の旅 感涙はてる

## 講談社文庫　目録

神崎京介　女薫の旅　耽溺(たんでき)まみれ
神崎京介　女薫の旅　誘惑おって
神崎京介　女薫の旅　秘に触れ
神崎京介　女薫の旅　禁の園へ
神崎京介　女薫の旅　欲の極み
神崎京介　女薫の旅　青い乱れ
神崎京介　女薫の旅　奥に裏に
神崎京介　I LOVE
加納朋子　ガラスの麒麟
角田光代　まどろむ夜のUFO
角田光代　恋するように旅をして
角田光代　庭の桜、隣の犬
角田光代　人生ベストテン
角田光代　ロック母
角田光代　彼女のこんだて帖
角田光代　ひそやかな花園
川端裕人　せちやん〈星を聴く人〉
川端裕人　星と半月の海
片川優子　ジョナさん
片川優子　ただいまラボ
神山裕右　カタコンベ
神山裕右　炎の放浪者
加賀まりこ　純情ババァになりました。
門田隆将　甲子園への遺言〈伝説の打撃コーチ高畠導宏の生涯〉
門田隆将　甲子園の奇跡〈斎藤佑樹と早実百年物語〉
門田隆将　神宮の奇跡
鏑木　蓮　東京ダモイ
鏑木　蓮　屈折光
鏑木　蓮　時限
鏑木　蓮　真友
鏑木　蓮　甘い罠
鏑木　蓮　京都西陣シェアハウス〈憎まれ天使・有村志穂〉
鏑木　蓮　炎罪
鏑木　蓮　疑薬
川上未映子　そら頭はでかいです、世界がすこんと入ります
川上未映子　わたくし率 イン 歯ー、または世界
川上未映子　ヘヴン
川上未映子　すべて真夜中の恋人たち
川上未映子　愛の夢とか
川上弘美　ハヅキさんのこと
川上弘美　晴れたり曇ったり
川上弘美　大きな鳥にさらわれないよう
海堂　尊　外科医　須磨久善
海堂　尊　新装版 ブラックペアン1988
海堂　尊　ブレイズメス1990
海堂　尊　スリジエセンター1991
海堂　尊　死因不明社会2018
海堂　尊　極北クレイマー2008
海堂　尊　極北ラプソディ2009
海堂　尊　黄金地球儀2013
海道龍一朗　室町耽美抄　花鏡
門井慶喜　パラドックス実践　雄弁学園の教師たち
門井慶喜　銀河鉄道の父
梶よう子　迷子石
梶よう子　ふくろう
梶よう子　ヨイ豊(とよ)
梶よう子　立身(りっしん)いたしたく候(そうろう)

講談社文庫　目録

## 講談社文庫 目録

木原浩勝　文庫版 現世怪談(一) 主人の帰り
木原浩勝　文庫版 現世怪談(二) 白刃の盾
木原浩勝　増補改訂版 もう一つの「バルス」〈―宮崎駿と『天空の城ラピュタ』の時代―〉
喜国雅彦／国樹由香　メフィストの漫画
喜国雅彦／国樹由香　本格力〈本棚探偵のミステリ・ブックガイド〉
清武英利　石つぶて〈警視庁 二課刑事の残したもの〉
清武英利　しんがり〈山一證券 最後の12人〉
清武英利　トッカイ〈不良債権特別回収部〉
喜多喜久　ビギナーズ・ラボ
黒岩重吾　新装版 古代史への旅
栗本　薫　新装版 絃の聖域
栗本　薫　新装版 ぼくらの時代
黒柳徹子　窓ぎわのトットちゃん 新組版
倉知　淳　新装版 星降り山荘の殺人
倉知　淳　シュークリーム・パニック
熊谷達也　浜の甚兵衛
倉阪鬼一郎　大江戸秘脚便
倉阪鬼一郎　娘飛脚を救え〈大江戸秘脚便〉
倉阪鬼一郎　開運十社巡り〈大江戸秘脚便〉

倉阪鬼一郎　決戦、武甲山〈大江戸秘脚便〉
倉阪鬼一郎　八丁堀の忍
倉阪鬼一郎　八丁堀の忍(二)〈大川端の死闘〉
倉阪鬼一郎　八丁堀の忍(三)〈遥かなる故郷〉
倉阪鬼一郎　八丁堀の忍(四)〈隻腕の抜け忍〉
黒木　渚　壁の鹿
黒木　渚　本性
栗山圭介　居酒屋ふじ
栗山圭介　国士舘物語
久坂部　羊　祝葬
黒澤いづみ　人間に向いてない
久賀理世　奇譚蒐集家 小泉八雲〈白衣の女〉
決戦！シリーズ　決戦！関ヶ原
決戦！シリーズ　決戦！大坂城
決戦！シリーズ　決戦！本能寺
決戦！シリーズ　決戦！川中島
決戦！シリーズ　決戦！桶狭間
決戦！シリーズ　決戦！関ヶ原2
決戦！シリーズ　決戦！新選組

小峰　元　アルキメデスは手を汚さない
今野　敏　ST 警視庁科学特捜班 エピソード1〈新装版〉
今野　敏　ST 警視庁科学特捜班 毒物殺人〈新装版〉
今野　敏　ST 警視庁科学特捜班〈黒いモスクワ〉
今野　敏　ST 警視庁科学特捜班〈青の調査ファイル〉
今野　敏　ST 警視庁科学特捜班〈赤の調査ファイル〉
今野　敏　ST 警視庁科学特捜班〈黄の調査ファイル〉
今野　敏　ST 警視庁科学特捜班〈緑の調査ファイル〉
今野　敏　ST 警視庁科学特捜班〈黒の調査ファイル〉
今野　敏　ST 為朝伝説殺人ファイル〈警視庁科学特捜班〉
今野　敏　ST 桃太郎伝説殺人ファイル〈警視庁科学特捜班〉
今野　敏　ST 沖ノ島伝説殺人ファイル〈警視庁科学特捜班〉
今野　敏　ST 化合 エピソード0〈警視庁科学特捜班〉
今野　敏　ST プロフェッション〈警視庁科学特捜班〉
今野　敏　特殊防諜班 諜報潜入
今野　敏　特殊防諜班 聖域炎上
今野　敏　特殊防諜班 最終特命
今野　敏　茶室殺人伝説
今野　敏　奏者水滸伝 白の暗殺教団

今野　敏　同期
今野　敏　欠落
今野　敏　変幻
今野　敏　警視庁FC
今野　敏　継続捜査ゼミ
今野　敏　蓬莱〈新装版〉
今野　敏　イコン〈新装版〉
後藤正治　天人〈深代惇郎と新聞の時代〉
幸田　文　崩れ
幸田　文　台所のおと
幸田　文　季節のかたみ
小池真理子　冬の伽藍
小池真理子　夏の吐息
小池真理子　千日のマリア
五味太郎　大人問題
鴻上尚史　あなたの魅力を演出するちょっとしたヒント
鴻上尚史　鴻上尚史の俳優入門
鴻上尚史　青空に飛ぶ
小泉武夫　納豆の快楽

近藤史人　藤田嗣治「異邦人」の生涯
小前　亮　趙匡胤〈宋の太祖〉
小前　亮　賢帝と逆臣と〈康熙帝と三藩の乱〉
小前　亮　始皇帝の永遠〈天下一統〉
香月日輪　妖怪アパートの幽雅な日常①
香月日輪　妖怪アパートの幽雅な日常②
香月日輪　妖怪アパートの幽雅な日常③
香月日輪　妖怪アパートの幽雅な日常④
香月日輪　妖怪アパートの幽雅な日常⑤
香月日輪　妖怪アパートの幽雅な日常⑥
香月日輪　妖怪アパートの幽雅な日常⑦
香月日輪　妖怪アパートの幽雅な日常⑧
香月日輪　妖怪アパートの幽雅な日常⑨
香月日輪　妖怪アパートの幽雅な日常⑩
香月日輪　妖怪アパートの幽雅な食卓〈るり子さんのお料理日記〉
香月日輪　妖怪アパートの幽雅な人々〈妖アパミニガイド〉
香月日輪　妖怪アパートの幽雅な日常〈ラスベガス外伝〉
香月日輪　大江戸妖怪かわら版①〈異界より落ち来る者あり〉
香月日輪　大江戸妖怪かわら版②〈異界より落ち来る者あり　其之二〉

香月日輪　大江戸妖怪かわら版③〈封印の娘〉
香月日輪　大江戸妖怪かわら版④〈天空の竜宮城〉
香月日輪　大江戸妖怪かわら版⑤〈雀、大浪花に行く〉
香月日輪　大江戸妖怪かわら版⑥〈魔狼、月に吠える〉
香月日輪　大江戸妖怪かわら版⑦〈大江戸散歩〉
香月日輪　地獄堂霊界通信①
香月日輪　地獄堂霊界通信②
香月日輪　地獄堂霊界通信③
香月日輪　地獄堂霊界通信④
香月日輪　地獄堂霊界通信⑤
香月日輪　地獄堂霊界通信⑥
香月日輪　地獄堂霊界通信⑦
香月日輪　地獄堂霊界通信⑧
香月日輪　ファンム・アレース①
香月日輪　ファンム・アレース②
香月日輪　ファンム・アレース③
香月日輪　ファンム・アレース④
香月日輪　ファンム・アレース⑤(上)(下)
近衛龍春　加藤清正〈豊臣家に捧げた生涯〉

## 講談社文庫　目録

木原音瀬　箱の中
木原音瀬　美しいこと
木原音瀬　秘密
木原音瀬　嫌な奴
木原音瀬　罪の名前
近藤史恵　私の命はあなたの命より軽い
小泉凡　怪談四代記〈八雲のいたずら〉
小松エメル　夢の燈影〈新選組無名録〉
小松エメル　総司の夢
小島環　原作 あなしん　脚本 おかざきさとこ　小説 春待つ僕ら
呉勝浩　道徳の時間
呉勝浩　ロスト
呉勝浩　蜃気楼の犬
呉勝浩　白い衝動
こだま　夫のちんぽが入らない
こだま　ここは、おしまいの地
講談社校閲部　間違えやすい日本語実例集〈熟練校閲者が教える〉
佐藤さとる　だれも知らない小さな国〈コロボックル物語①〉
佐藤さとる　豆つぶほどの小さないぬ〈コロボックル物語②〉

佐藤さとる　星からおちた小さなひと〈コロボックル物語③〉
佐藤さとる　ふしぎな目をした男の子〈コロボックル物語④〉
佐藤さとる　小さな国のつづきの話〈コロボックル物語⑤〉
佐藤さとる　コロボックルむかしむかし〈コロボックル物語⑥〉
佐藤さとる　天狗童子
佐藤さとる　絵／村上勉　わんぱく天国
佐藤愛子　新装版 戦いすんで日が暮れて
佐木隆三　慟哭〈小説・林郁夫裁判〉
佐木隆三　身分帳
佐高信　石原莞爾その虚飾
佐高信　わたしを変えた百冊の本
佐高信　新装版 逆命利君
佐藤雅美　恵比寿屋喜兵衛手控え
佐藤雅美　隼小僧異聞〈物書同心居眠り紋蔵〉
佐藤雅美　密約〈物書同心居眠り紋蔵〉
佐藤雅美　老博奕打ち〈物書同心居眠り紋蔵〉
佐藤雅美　向井帯刀の発心〈物書同心居眠り紋蔵〉
佐藤雅美　一心斎不覚の筆禍〈物書同心居眠り紋蔵〉
佐藤雅美　魔物が棲む町〈物書同心居眠り紋蔵〉

佐藤雅美　ちよの負けん気、実の父親〈物書同心居眠り紋蔵〉
佐藤雅美　へこたれない人〈物書同心居眠り紋蔵〉
佐藤雅美　わけあり師匠事の顚末〈物書同心居眠り紋蔵〉
佐藤雅美　御奉行の頭の火照り〈物書同心居眠り紋蔵〉
佐藤雅美　江戸繁昌記〈寺門静軒無聊伝〉
佐藤雅美　青雲遥かに〈大内俊助の生涯〉
佐藤雅美　悪足掻きの跡始末 厄介弥三郎
酒井順子　負け犬の遠吠え
酒井順子　金閣寺の燃やし方
酒井順子　気付くのが遅すぎて、
酒井順子　朝からスキャンダル
酒井順子　忘れる女、忘れられる女
佐野洋子　嘘ばっか〈新釈・世界おとぎ話〉
佐野洋子　コッコロから
佐川芳枝　寿司屋のかみさん サヨナラ大将
笹生陽子　ぼくらのサイテーの夏
笹生陽子　きのう、火星に行った。
笹生陽子　世界がぼくを笑っても
沢木耕太郎　一号線を北上せよ〈ヴェトナム街道編〉

2021年3月12日現在